休みの日
～その夢と、さよならの向こう側には～

小鳥居 ほたる

STARTS
スターツ出版株式会社

大切な人ができた。
ずっと一緒にいようと約束した。
けれど、どれだけ愛し合っていたとしても、いつかは休みの日は終わる。
二人はやがて、一人になる。

そして、君のいない世界がやってくる。

目次

休みの日　～その夢と、さよならの向こう側には～

プロローグ

明日の授業で使用する画材を用意している時、美術準備室のドアが控えめにノックされた。そのノックに返事をすると、そろそろとスライドドアが開かれる。

そこに立っていたのは、薄茶色のダッフルコートを着て赤色のマフラーを巻いた、見知らぬ女の子だった。緊張しているのかオドオドとしていて、なかなか視線を合わせてくれない。そんな彼女に、私はにこりと微笑んであげた。

「もしかして、四月からうちに入学する新入生？」

私の質問に、女の子は控えめに頷く。それから小さな口が、ゆっくりと開いた。

「えっと……春から、美術部に入ろうと思ってるんです……」

「美術部に？　それは嬉《うれ》しいわ！」

入学前に挨拶《あいさつ》に来てくれた子は、彼女が初めてだ。私は散らかっている画材を避《さ》けながら彼女の元へ行き、小さな手を握る。手袋をしていないその手は冷たかった。

「歓迎するわ。あなた、お名前は？」

「桜井《さくらい》伊織《いおり》です……」

「伊織ちゃんっていうのね！」

私は嬉しくなって、彼女の手を上下に振る。子供っぽかっただろうかと、少しだけ恥ずかしくなった。

「あ、あの……」

「どうしたの？」

伊織ちゃんは視線を伏せて、声を震わせながら呟《つぶや》く。

「私、美術科じゃないんです……入試、落ちちゃって……」

彼女が今にも泣き出してしまいそうだったから、私は握っていた冷たい手を優しく包み込んであげた。

「美術科じゃないからって、美術部に入れないわけじゃないよ。歓迎するよ」

そう伝えると、彼女は泣き出してしまった。私は慌ててしまい、頭を撫《な》でてあげる。

「ここじゃ寒いから、部屋に入ろっか。ストーブも焚《た》いてるし、あったかいよ」

伊織ちゃんは最初こそ遠慮したが、私が強引にその手を引くと、後はなすがままだった。椅子を用意して座らせてあげると、彼女は真っ先に手のひらをストーブに近づける。きっと、とても寒かったんだろう。

私も明日の授業の準備をやめて、伊織ちゃんの隣で暖を取った。

「美術科に落ちちゃったのに、どうしてうちに入ろうと思ったの？」

そう訊《たず》ねると、彼女はほんのり顔を赤くして答えた。

「制服が、可愛《かわい》いなと思ったんです……」

「たしかに、可愛いよね」

「変、ですか？」

「変じゃないと思うよ。そういう理由で入学してくる人、たくさんいるらしいから」

伊織ちゃんは安堵《あんど》の息を漏らして、私に初めて笑顔を浮かべてくれた。けれど彼女は、また頬《ほお》を赤らめる。

「あの、もう一つ変なこと言っていいですか……？」

「うん、いいよ」

「私、漫画家になりたいんです」

「えっ、漫画家!?」

私は思わず驚いた声を上げてしまう。失礼だったかもしれないと、少しだけ反省した。

「やっぱり、変ですよね……」

「ううん、全然変じゃないと思う！　先生、伊織ちゃんが漫画家になれるの応援する！」

伊織ちゃんはまた顔を赤くして、今度は俯《うつむ》いてしまった。とても、恥ずかしがり屋の女の子なんだろう。

「ということは先生、伊織ちゃんが漫画家になるためのお手伝いができるんだ。デビューしたら、すぐにサインもらわなきゃ」

「で、デビューだなんてそんな……まだ全然考えられないです……」

「目標はでっかく持たなきゃだよ」

私が微笑んであげると、伊織ちゃんもくすりと笑ってくれた。

「どんな漫画を描いてるのかな？」

「えっと、少女漫画です……」

「いいねいいね、青春だね」

「でも私、恋愛とかしたことなくて……」

「こんな恋愛がしたいっていう理想を描いちゃいなよ。小説も漫画もフィクションなんだから」

「理想、ですか。先生は、彼氏さんとかいるんですか？」

純粋な目でそう訊ねられて、私は思わず顔が熱くなった。これは下手なことをしゃべると、漫画のネタにされてしまうやつだ。

「せ、先生かぁ……それがさ、いないいないんだよね」

「えっ、いないんですか？」

「うん。いないよ」

「先生、すごく美人なのに……」

そんな言葉をぽつりと彼女は漏らし、私は顔が焼けたように熱くなる。それをごまかすために、伊織ちゃんの頭を再び撫でた。

「告白とか、されないんですか？」

「うーん。ここだけの話だけど、何回かされたことはあるかな」

「いい人がいなかったんですか？」

「ううん。みんな、いい人だったよ」

じゃあどうして？　というように、伊織ちゃんは首をかしげる。私はなんだか気恥ずかしくなって、頬を人差し指でかいた。

「今でも忘れられない、男の人がいるの」

「男の人？」

私が頷くと、興味があるのか椅子をこちらへ寄せてくる。

「その人とは、どんな関係だったんですか？」

「聞きたい？」

「差し支えなければ」

くすりと微笑んでから、私は人差し指を口元に添えて「伊織ちゃんと私の、二人だけの秘密だよ」と言った。彼女がこくりと頷いたのを見て、私は話し始める。

彼、滝本悠《たきもとゆう》と、私の、終わってしまった物語を。

第一章　五月に咲いた桜の木

《悠》

白い壁が歩道の真ん中をひた走っていた。その姿を、車の運転席からチラと見つめる。僕がその壁を追い抜くと、ちょうど目の前の信号機が青から黄色になり、ブレーキペダルを踏んだ。程なくして、黄色が赤に変わる。

僕のすぐ横を、白い壁が走って行く。その光景にしばしの間目を奪われる。しかしそれはよく見ると、白い布に覆われた大きなキャンバスだった。視線を地面の方へ向けてみると、キャンバスの下から綺麗《きれい》な白い足が生えている。

その白い足はつまずきそうになりながらも、必死に地面を蹴り続けていた。キャンバスは木でできているから、落としたり転んだりしてしまえば無傷では済まない。だけどそんなことに気を使っている暇も余裕もないのか、キャンバスの主は一心不乱に走り続けていた。

やがて赤信号が青信号に変わり、周りの車がゆったりと進み始める。僕もアクセルペダルを踏んで、波に乗る。

もう一度だけ、チラと大きなキャンバスを見たけれど、すぐに視線を外した。僕にも僕の用事がある。きっとこんなところで人助けをしていたら、大学の一限目に遅れてしまう。小心者の僕は、なるべく講義をサボるということをしたくはなかった。

だけど、もう一度キャンバスの横を通り過ぎてからしばらくして、僕はどうしてか、ほぼ無意識的に道を引き返していた。こんなことをしていれば、講義に遅刻をするというのに。そうだというのに、僕は再び大きなキャンバスを認めると、そのやや前方でブレーキペダルを踏んで助手席側の窓を開けた。こちら側の視界が塞がっているキャンバスの主に聞こえるよう、息を吸ってから大きな声を出す。

「急いでるんですか？」

ピタリと、その足の動きは止まった。それから僕のことを確認するように、キャンバスは方向を転換していく。ゆっくり、ゆっくりと向こう側の景色が見えてくる。

そのキャンバスを持って走っていたのは、髪の長い同年代ぐらいの女性だった。顔は涙でくしゃくしゃになっていて、両手が塞がっているから拭くこともできないのか、鼻からは透明な汁が垂れている。

僕はそんな彼女の表情に驚いて、思わず再び車を発進させようとしてしまう。だけど良心がその行動に自制を利かせてくれて、変わりにハザードランプを点滅させた。

彼女は声をヒクつかせながら、必死に状況を説明した。

「え、えっと……合評会が、あ、あって……九時までに作品を提出しなきゃいけないんですけどっ……！」

僕は腕時計で時間を確認する。現在の時刻は八時四十分。彼女がそんなに焦っているということは、時間ギリギリか、もしくは間に合わないのだろう。今も僕と話している時間すら惜しいのか、白色のスニーカーで地面をトントン踏み鳴らすように小さく地団駄を踏んでいる。

僕の講義の開催時間は、九時ジャスト。こんなところで油を売っていたら、間に合うものも間に合わなくなる。

だけど、焦りすぎて化粧も忘れた彼女のことを不憫《ふびん》に思って、同情にも似た気持ちを抱きながら僕は車の外へと出た。

「目的地まで乗せてあげますので、その大きな荷物を後ろに載せるの手伝ってください」

数秒間、僕の言っていることが理解できなかったのか、泣き顔のまま固まる彼女。しかしやがて納得がいったのか、驚きの声と共に表情にも光が射した。

「ほ、本当ですか!?」

僕は頷いて、後部座席のドアを開ける。それからキャンバスを持つのを手伝い、なんとか車内に押し込む。僕の乗っている車が普通車ではなく軽自動車の類《たぐ》いだったら、おそらくこのキャンバスは収まり切らなかっただろう。彼女を目的地まで運べることがわかり、僕はひとまず安堵した。

「助手席に乗ってください。すぐに発進させるので」

僕の言葉に、彼女は頷く。そして泣き顔のまま数秒見つめられ、恥ずかしくなって視線をそらした。それから聞こえてきたのは、「ありがとうございます」という感謝の言葉。

一度は通り過ぎた身だから、素直にその言葉を受け取ることはできないなと思った。彼女を助手席に乗せて、ナビをしてもらいながら車を走らせる。そういえば、この車に女性を乗せたのは初めてだなと、そんなことをぼんやりと考えていた。

「そこに箱ティッシュあるので、遠慮しないで使ってください」

「あ、すみません……次の信号左です」

ナビをしながら、隣の彼女は大きく鼻をかむ。ズズッという音が、車内に大きく響き渡る。恥ずかしかったのか気を使ったのか、二回目からは比較的小さな音になった。

「あの、申し訳ございません。見ず知らずの方を、足にしちゃって……」

「別にいいですよ。急いでたんですよね？」

「はい……」

だんだんと彼女の声はしぼんでいく。僕はなんだか申し訳ない気持ちになって、運転に集中しながら話を振ってみることにした。

「今向かってるところって、やっぱり美大なんですか？」

「たしか、ここら辺にある美大って公立ですよね。そんなところに通ってるなんて、すごいです」

「はい……」

自分の通っていた高校に美術科があったから、美大へ入ることの困難さはぼんやりと知っている。

「合評会っていうのは、何をするんですか？」

「定期テストみたいなものですよ。期限までに作品を提出して、学生や教授に批評してもらうんです。その提出期限が、今日の九時でして……」

僕は車内のアナログ時計を確認する。時刻は八時四十五分で、まっすぐ僕の通っている大学へ向かったとしても、もう講義には間に合わない。

「合評会には間に合いそうですか？」

「あなたのおかげで、ギリギリ間に合いそうです。本当に、ありがとうございますっ！」

ということは、やっぱりあのまま走っていても間に合わなかったのだろう。

「僕は絵を描いてないですけど、なんとなく大変なんだなってわかります。テストみたいに明確な答えがなくて、完成は自分のさじ加減で決まりますから。ギリギリまで粘ってたってことは、たぶんいい評価をもらえますよ」

そんな風に彼女のことを励ましてみる。しかし彼女は落ち込んだままで、安心したような表情を浮かべない。よっぽど合評会というものに緊張しているのか、表情が張り詰めていた。締め切り当日まで作品作りを頑張っていたのだから、彼女の努力は報われてほしい。

そういうことを考えながら車を走らせていると、やがて目の前に大きな白塗りの校舎が見えてきた。時計を確認するとまだ時間に余裕があり、僕はまた、ホッと安堵の息を漏らす。彼女も僕と同じように、安心したように胸を撫で下ろしていた。

校門の前に車を停《と》めて、後部座席に載せていたキャンバスを取り出す。彼女は背面の木枠を器用に持って、それを受け取る。先ほどまで走っていたとはいえ、大きなキャンバスを持っていくのは危なっかしく思えた。

「昇降口までで良ければ、持つの手伝いますよ」

彼女からの返答が来る前に、キャンバスを両手で掴《つか》む。二人で持った方が、落としてしまう心配はない。

「あの、そこまでしてもらうのはさすがに申し訳ないです……それに、用事があるんじゃないですか？」

「別に構いませんよ。乗りかかった船ですから」

そんな押し問答をしている余裕もないはずだから、僕は足を動かし始める。彼女もつられて、足を動かす。

ふと、彼女は歩きながら僕に質問をしてきた。

「お名前、なんていうんですか？」

「滝本悠です。あなたは？」

「多岐川梓《たきがわあずさ》です」

多岐川さんの頬が、少しだけ緩んだのがわかった。僕も同じ『たき』というフレーズに親近感を覚えて、少しだけ頬が緩む。

「滝本さんは、大学生ですか？」

「大学生です」

「ちなみに、どちらへ？」

僕はここから北の、山の方にある大学の名前を答えた。そうすると多岐川さんは一度立ち止まり、目を見開く。

「すごい！　国立じゃないですか！」

「いや、公立の美大に受かる方が難しいと思いますよ」

僕はそう言って苦笑する。おそらく美大と僕の通っている大学じゃ、倍率は比べ物にならないだろう。

「何回生ですか？」

と、再び歩き始めた多岐川さんは質問する。

「二回生です」

「あっ、私も二回生なんです」

「多岐川さんもなんだ」

思わず敬語が取れてしまったけれど、彼女は特に気にしたそぶりを見せなかった。しばらく歩くと昇降口の前へ到着して、僕はキャンバスから手を離す。多岐川さんは、また器用に裏側の木枠を持った。

学生たちが、立ち止まっている僕らを次々と追い越していく。講義が始まるから急いでいるのだろう。多岐川さんも急がなければいけないが、どうしても僕は一度だけ彼女を引き止めたかった。

「ごめん、時間がないのはわかってるんだけどさ。一目でいいから、多岐川さんの描いた絵を見せてくれないかな。興味があるんだ」

美術の知識なんて全くないけれど、ここで知り合ったのも何かの縁だ。夢を追いかけている彼女がどんな絵を描いているのか、純粋な興味を持った。

多岐川さんは迷惑そうなそぶりを見せることなく、笑顔で「構いませんよ」と頷いてくれる。真っ白い布を丁寧に外し、その中にある絵画を見せてくれた。

そして現れた桜の木に、僕はしばしの間言葉を失う。油画、というのだろう。太い大きな幹からいくつも枝が伸びていて、ピンク色の桜が満開になっている。まるで、そこに本当に桜の木が存在しているように、僕は錯覚した。もう五月だから、桜なんて咲いていないというのに。

同い年の女性が、こんなにも素晴らしい絵を描くことができるのかと、間近で見た僕は感動を覚える。知らず知らずのうちに「すごい……」と、素直な感想が口から漏れていた。

多岐川さんは恥ずかしそうに頬を指先でかいて、再びキャンバスに布をかける。

「そんなことないですよ。これでも、合評会では教授陣に厳しい言葉をもらいますから。それに、私は……」

「梓さん！」

何かを言いかけた多岐川さんの言葉は、昇降口の方から聞こえて来た別の女性の声により阻害される。僕はその声にびくりとして、慌てて多岐川さんから一歩離れた。

あぁ、そうか……そうだった……。

そう考えている間にも、多岐川さんの名前を呼んだ女性はこちらへ近づいてくる。

僕は逃げるように、彼女へ別れの言葉を口にした。

「それじゃあ、友達も来たみたいだし。僕も講義があるから、これで」

「あっ……」

なにか言いかけたみたいだったが、それを聞いていたら多岐川さんの友人と鉢合わせしてしまう。だから僕は、半ば無視をするように踵《きびす》を返して車に乗り込んだ。最後にチラと、昇降口の方を見る。しかし、そこにはもう彼女の姿はなかった。時刻は八時五十八分。作品の提出締め切りに間に合ってほしいなと、もう会うこともないであろう彼女のことを思う。

車を走らせて、開始時間に間に合わない一限目の講義へと向かう。信号につかまって、無慈悲にもアナログの時計が九時を示す。

大学生になって、初めての遅刻。だけど後悔はなかった。多岐川さんを送り届けるという目的は、達成することができたから。

未だ車内に残る彼女の残り香。それが鼻の中を通り抜けていくたびに、胸が大きく鼓動する。その鼓動を感じながら、僕は大学への山道を上り続けた。

多岐川さんを美大へ送り届けた翌日。お金を節約している僕は、大学の学食で比較的値段の安い蕎麦《そば》をすすっていた。昼時のため周りに学生の姿は多いが、僕と同じように一人でスマートフォンを触りながら昼食を取っている人もいるので、一人でいることが気になりはしない。

とはいえ僕は、食べながらスマホを触るという行儀の悪いことをせずに、ただ昨日の出来事を思い返していた。多岐川梓さんのことだ。

慌てていたようで化粧はしていなかったが、それでも彼女は綺麗な人だった。別に、一目で恋に落ちたというわけではない。多岐川さんの素晴らしい絵を運ぶことができたのを、僕は純粋に嬉しく思っただけだ。再び会ってお礼をしてほしいなんて図々しいことは、決して思わない。

ただ、もしまた会うことがあるならば、もっと多岐川さんの描く絵を見てみたいと思った。

昨日の興奮が冷めることはなく、あれから講義に集中できていない。こんなモヤモヤした気持ちを抱いたのは高校生の頃以来で、自分でそれを制御するすべは身についていなかった。

そういうことを考えながら、一人で黙々と昼食をとっていると、ふと背後に気配を感じた。

「あの、先輩少しいいですか?」

懐かしい声。この大学に、僕のことを先輩と呼ぶ女の子なんて一人もいない。だからすぐに彼女の存在が誰なのか理解できて、急に背中に冷や汗が伝った。

「え、先輩って?」

今度は別の女性の声。その声は、多岐川梓さんだった。多岐川さんは今の今まで、僕と彼女の接点を知らなかったようだ。

僕は、おそるおそる後ろを振り返る。そこには、昨日美大まで車で送った多岐川さんと、僕の高校時代の後輩である水無月奏《みなづきかなで》が立っていた。

多岐川さんは昨日とは違い化粧を施しているから、より一層僕の目に綺麗に映る。隣にいる水無月も、多岐川さんと比べてだいぶ身長は低いが、負けず劣らずの容姿をしている。目鼻立ちがはっきりとしていて、けれど可愛さも持ち合わせている彼女は、昔からいろんな人に好かれていた。

多岐川さんは「ごめんなさい。お食事中にお邪魔してしまって……」と、申し訳なさそうに謝る。僕は「気にしないでください」と、無理やりな愛想笑いを浮かべた。

そんな話をしている間、水無月はずっと僕のことを凝視してくる。僕はその視線に気づいていたから、意図的に彼女とは目を合わせようとしなかった。

「先輩、お久しぶりです。隣、座っていいですか？」

「あ、うん……」

そう返事をするしかないため、僕は目を合わせずに頷く。失礼だと思ったけれど仕方がない。水無月は隣に座ると言ったのに、僕と一席分、間を空けて座った。

多岐川さんは一瞬首をかしげたけれど、すぐに僕と水無月の間に腰を下ろす。

先に口を開いたのは、やっぱり多岐川さんだった。

「あの、突然ここに来たことを謝りたいんですけど、その前に教えてください。奏ちゃんと滝本さんって、もしかしなくても知り合いなんですか？」

「はい、高校の生徒会の先輩です。滝本先輩が会計で、私が書記をやってました」

訊《き》かれた僕じゃなく、水無月が質問に答える。多岐川さんはそれを聞いて、パッと笑顔になった。

「え、すごい巡り合わせですね！　助けていただいた方が、まさか奏ちゃんの先輩だったなんて！」

もしかして仕組んだんじゃないかと一瞬考えたけれど、そんなことがあるわけない。昨日の多岐川さんは、締め切りに間に合わせるために本当に必死に走っていたから。

「本当に、すごい偶然ですね。実を言うと、また先輩に会いたかったんです」

そう言って水無月はニコリと笑う。本当にそう思っているのだろうかと、僕は彼女のことを疑ってしまった。

「あの、昨日は本当にありがとうございます。見ず知らずの私を大学まで送ってくださって」

「いや、気にしなくていいよ。それより、時間通りに提出できたの？」

「はい。おかげ様で！　教授陣からの評判は辛めでしたが……」

多岐川さんは苦い表情を浮かべながら、ぎこちなく笑う。あんなに素晴らしい絵がまずまずの評価だなんて、芸術の世界は僕が想像しているよりもずっと厳しいのかもしれない。

　それからチラと水無月の方を見ると、なぜか彼女は僕を見て首をかしげていた。目が合ってしまい、慌ててそらしてしまう。

「ま、間に合ったならよかったよ」

「滝本さんのおかげです。それでですね、何かお礼がしたくて今日はここに来たんですけど……」

　あぁ、そういうことかと、僕はようやく彼女がここへやってきた理由を知る。恩を着せるためにやったことじゃないから、何も気にしなくていいのに。

「お礼なんて、別にいいよ。少し遠回りをしたけど、ここに来る通り道に美大があったから。ほんと、気にしなくていいよ」

「そう、ですか？」

　うかがうように多岐川さんが僕を見てくる。気にしなくていいよと、頷いた。けれど思わぬ方向から、予想もしていなかった横槍《よこやり》が入った。

「私、ここに来る時、事前に大学の授業時間を調べたんですけど」

　呆《あき》れたように目を細めながら、水無月はこちらを見ていた。僕の口から「あ」と間抜けな声が漏れる。言わなくてもいい余計なことを、曲がったことが嫌いな後輩は言ってしまった。

「昨日の講義、すごい遅刻したんじゃないですか？　梓さんのこと、美大まで送ったからですよね？」

「えっ⁉」

多岐川さんが驚いたように目を丸める。それからすぐに、申し訳なさそうな表情を浮かべた。こういう顔を見たくなかったから、わざわざ嘘《うそ》をついたというのに。

「あの、すみません……私のせいで……」

「いや、ほんと僕が勝手にやったことだし。お礼とか、いいから」

「そういうわけにはいきません！　締め切りが遅れてたら、最悪単位が落ちてたんですから！」

突然ムキになった彼女に、僕は肩をびくりと震わせる。この人も、水無月と同じように曲がったことが嫌いな人なんだろう。だとしたら、このままだと話は平行線をたどってしまう。

なんとかしてこの場は帰ってもらおうと思い立ち、腕時計で時間を確認する。幸いなことに、そろそろ三限目が始まる時間だった。

「ごめん、もうそろそろ講義始まるから……この話はまた今度ってことで……」

「奏ちゃん、美大に戻るバスの時間っていつだったっけ」

多岐川さんは唐突にそんなことを、水無月へ訊ねた。彼女たちはわざわざバスに乗ってこんな山の上まで来たのかと、僕は若干呆れてしまう。

水無月はスマホを開き、おそらくバスの時刻表を調べているのだろう。続く言葉を、なんとなく僕は予想できていた。

「もう過ぎてます。三限目は出られません」

こんな山の中じゃ、そう都合よく何本もバスは出ていない。

「じゃあ三限目が終わるまで、私待ちます。終わってから、また話し合いましょう」

「いやいやいや、帰りなよ。三限目やってる時に下に行くバスあるから。それに乗らなかったら四限目も出られなくなるよ」

「それなら四限目も出ません。とにかく、今日は滝本さんが折れてくれるまで山を下りませんから」

僕は本当に呆れてしまい、言葉も出なくなる。そんな様子を見て、水無月は小さくクスクスと笑っていた。いいのだろうか。このままじゃ、彼女も三限目に出られなくなるのに。というより、もうバスに乗れないから三限目は欠席するしかないけれど。

僕のせいではないが、なんとなく二人に申し訳ない気持ちになった。一つため息をついて、僕は降参の意を示す。

「……わかったよ。お礼に何をしてもらうかは考えるから、せめて四限目は出てね。僕は三限目以降講義ないから、終わったらすぐに美大に送ってくよ」

「わかりました！」

ようやく多岐川さんが納得してくれて、僕は安堵する。

「講義終わるまで、図書館で暇潰しててよ。終わったらすぐに迎えに行くから」

「いえ、大丈夫です。私たちも滝本さんと講義を受けますので！」

「あっ、いいですねそれ。他大学の講義、一度受けてみたかったんですよ」

了承もしていないのに二人は乗り気になっていて、僕はまた心の中で頭を抱える。

二人は自由すぎて、先ほどから振り回されっぱなしだった。

もう彼女たちをどうにかできるとは思えないから、冷めてしまった蕎麦を黙ってすすり始める。彼女たちはたわいもない談笑をしながら、食べ終わるまで待ってくれていた。

振り回されっぱなしだが、嬉しそうにしている二人を見ていると、彼女たちを憎むことはできなかった。


三人で講義を受けた後、すぐに校舎を出て車に乗り込み美大へと向かった。二人には後部座席に乗ってもらい、安全運転を心がけながら山道を下っていく。

辺りに娯楽施設が見え始めるところまで下りてきた時、多岐川さんは期待を膨らませた声を後ろから投げてきた。

「お礼の内容、決まりましたか？」

僕は苦笑して「いや、まだだよ」と答える。この期に及んで逃げ出せるとは思っていないから、先ほどから真面目《まじめ》に考えているが、特にやってもらいたいこともないため、なかなか彼女が望むような答えは思いつかない。

「何か、美味《おい》しいものをご馳走《ちそう》してもらうのはどうでしょう？」

「あ、それいいね奏ちゃん」

「いや、女性に奢《おご》らせるのはさすがに……」

お店で多岐川さんが財布を出している姿を想像して、ないなと思った。店員や他の客にヒモかと思われそうだ。

お金を節約しているとはいえ、それだけはやらせたくない。そこまで考えて、僕は今、金銭的に切迫していることを思い出した。

「バイト先のコンビニが最近潰れてさ」

「飲食店になったところですか？」

「そうそう。それで、今働く場所探してるんだよ。なんか、いいとこない？」

そう質問してルームミラーへ視線を向けると、多岐川さんはこれでもかというぐらい目をキラキラとさせて、突然後ろから僕の肩を掴んできた。びっくりした後に目の前の信号が変わったことに気づき、慌てて急ブレーキを踏んだ。

「ご、ごめん危ない運転で……でも危ないから、普通に座ってて……」

「バイト先、紹介してあげます！」

興奮気味に、彼女はその提案をしてくる。半分駄目元で言ったから、僕は内心驚いていた。

「えっ、ほんと？」

「ほんとです！　今ちょうど私のバイト先で募集してるので！　それに、時給もそれなりにいいですよ！　ちなみに、スーパーのレジ業務です！」

スーパーのレジ業務なら、コンビニでレジを経験していたから、即戦力になれそうだ。紹介してくれた多岐川さんに、迷惑をかけることもないだろう。迷う必要は、何もなかった。

「じゃあ、お願いしていい？　すぐに履歴書用意するし、面接とかっていつ頃できるかな」

「少し待っててください。今、店長に電話します」

そう言うと、彼女はカバンの中からスマホを取り出して、自分のアルバイト先へ電話をかけ始めた。トントン拍子に話が進むことに若干の不安を覚えるが、金銭面で切迫していたから多岐川さんの好意に甘えるしかない。

程なくして通話は終わり、いつでも履歴書を持ってきていいことと、持ってきたその日に軽い面接を行うことを教えてもらった。

あの場限りの出会いかと思っていたのに、もしかすると多岐川さんとは長い付き合いになるのかもしれない。信号が青に変わったのを見て運転を再開しながら、僕はお礼を言った。

「ほんと、ありがと。助かるよ」

「いえいえ。滝本さんのおかげで、私も助かりましたから」

ルームミラー越しに彼女の笑みを見て、僕はすぐに運転に集中した。しばらく車を走らせると、昨日も向かった美大の校舎が見えてくる。校門の前に車を停めると、多岐川さんがこちらへ腕を伸ばしてきた。その手には、スマホが握られている。

「連絡先、教えてください」

「あ、うん」

僕は言われた通り、電話番号とメールアドレスを交換した。久しぶりに、僕のスマホに女性の連絡先が追加された気がする。

「先輩、よかったですね」

今まで黙っていた水無月がそう言って微笑む。それがバイト先が見つかったことに対してなのか、それとも多岐川さんと連絡先を交換したことについてなのかはわからない。しかしそれが後者なら、水無月は勘違いをしている。僕は別に、出会ったばかりの多岐川さんに、特別な思いは抱いていないのだから。

それから二人は車を降りて、僕に頭を下げた。

「今日は本当にありがとうございます。それと、申し訳ありませんでした。突然大学へ押しかけちゃって」

「ううん、気にしないで。おかげ様でバイト先も見つかりそうだし」

「そう？　それなら、お邪魔してよかったんですかね」

「私も、関係ないのについてきちゃってすみません」

「水無月は、久しぶりに会えて嬉しかったよ」

「ありがとうございます、先輩」

水無月がお礼を言った後、二人はもう一度頭を下げて昇降口の方へと走って行った。その背中を見つめながら、僕はいつのまにか、昔の出来事を思い返していた。


二人と再会したその日の夜、一人暮らしをしているアパートで勉強をしていると、僕のスマホに一件の着信が来た。画面に表示される発信者の名前を見て、僕の心臓は大きく跳ねる。

落ち着くために深呼吸をしてから、応答のボタンを指でタップした。耳に当てると、彼女の声が僕の頭の中へ響いてくる。

『夜分遅くにすみません。水無月です』

高校の頃の後輩、水無月だった。お互いに生徒会に所属していたから、当然のごとく連絡先は知っていた。とはいえあの出来事があってから、彼女と連絡を取り合ったことは一度もなかったけれど。卒業した後も、それは変わらなかった。

「……うん、どうしたの？」

要件を訊くと、しばらくの沈黙が続く。その空気に耐えられなくなった僕は口を開きかけるけれど、彼女が再び話し始めるのが一瞬だけ早かった。

『今日、また会えて嬉しかったです』

相手の姿が見えない声だけのやり取りでは、水無月が本心からそう思っているのかどうか、僕には判断ができなかった。

『あれから、先輩が卒業してから、何度か連絡を取ろうとしたんです。でも最後の最後で、先輩の電話番号を押すことができませんでした』

「……ごめん」

何の脈絡もなく、僕は彼女に謝る。あれからずっと、彼女に伝えたかった言葉。卒業するまで、一度も伝えることができなかった言葉。

またしばらくの沈黙があった。その時間は永遠のようにも感じられて、僕の胸は張り裂けてしまいそうなほど大きく内側をたたいている。

『……遥香《はるか》、今は元気にやってますよ。私たちの地元の、国立大学に通ってます』

懐かしい女の子の名前。僕が、傷つけてしまった人の名前だった。

「そっか……それなら、よかったよ」

『先輩は、元気でしたか？』

「うん。まあ、それなりに」

大学でも何人かの友人に恵まれて、今のところ単位は一つも落としていない。バイト先が潰れてどうしようか迷っていたけれど、それも今日解決した。

「多岐川さんとは、仲いいの？」

『同じ油画の専攻で、新歓コンパで一人でいる時に話しかけてくれたんです』

「優しい人なんだね」

『はい、とても』

多岐川さんのことを褒《ほ》めたのに、水無月の声には喜びの気持ちがこもっていた。昔から、そうだった。彼女は友達の成功を自分のことのように喜び、相手の悲しみを自分のことのように悲しむ人だった。

『私、最初は助けられてばかりですね』

「どうして？」

『高校の頃も、生徒会に入った時に一人でいましたから。先輩が、話しかけてくれたんですよ。覚えてますか？』

そういえばと、懐かしい記憶を思い出す。なるべく思い返さないようにしていたから、すっかり忘れてしまっていた。

「うん、覚えてる。懐かしいな」

『懐かしいです』

二人で、あの頃に思いを馳《は》せる。県外の大学へ進学するにあたって、高校までの人間関係はほぼリセットされてしまったから、こんな風に昔の出来事を話すのは久しぶりのことだった。

「あの、さ」

『なんですか？』

何気ない質問をするつもりだったけれど、急に緊張を覚えて声が詰まってしまう。僕が先輩で、水無月が後輩だった頃も、何か訊こうとした時はこんな風に緊張をして、彼女に首をかしげられていた。きっと今の彼女も、電話の向こうで首をかしげているのだろう。

「水無月はさ、元気だった？」

『はい』

「美大目指してたなんて、全然知らなかった。地元の大学に進学するのかと思ってたから」

水無月は、普通科の僕とは違って美術科だった。でも志望校を訊けば、地元の偏差値の高い普通の大学で、美大へ行きたいと聞いたことは一度もなかった。だから昨日美大で会った時は、本当に驚いた。

『美術科ですから。美大を目指すのは当然ですよ』

「美大の受験、頑張ったんだね」

『はい、とても頑張りました』

「夢とか、あるの?」

『高校生の頃から、美術の先生になりたいと考えてるんです』

水無月が学生の前で美術を教える姿を想像して、たしかに似合っているなと思った。

彼女は僕の高校最後の年の後半に、生徒会長として全生徒をまとめ上げていたから。

それからも、僕らはとりとめのない話を続けた。手探りで、訊いちゃいけない話題を避けながら。それでも僕は、彼女と話ができるのが嬉しかった。

きっと多岐川さんがいれば、もっと普通に話をすることができたのだろう。二人きりになれば、僕がこうなってしまうことはわかっていた。それでも水無月は僕に電話をかけてきてくれた。今は、その事実だけでよかった。

「明日、大丈夫?」

『何がですか?』

「講義。ずいぶん話し込んじゃったから」

いつのまにか日付をまたいでしまっていた。部屋にかけられている時計を見て、僕はようやく現在の時刻を知る。

『……そうですね。もうそろそろ寝なきゃですよね。先輩も、履歴書書かなきゃいけませんし。こんな遅くまで、すみません』

「僕のことは気にしないで。それに履歴書は、もう書いたから」

『そうですか?』

再び沈黙が降りて僕は気まずくなり、それじゃあと言って電話を切ろうとする。しかしまた僕が話すより先に、水無月は小さく呟いた。

『先輩は、今でも……』

しかしその言葉は最後まで声にならず、結局中途半端に途切れてしまった。僕が「どうしたの?」と訊き返すと、慌てたように『な、何でもないです』と言う。

何か伝えたいことがあったんだろうけれど、僕は深く訊かないことにした。適度な距離感というものがあるし、これ以上長電話してしまえば、明日の水無月にも支障が出てしまう。

「そう? それじゃあ、切るね」

『はい。夜分遅くに、すみませんでした』

最後にそう言って、水無月は通話を切った。僕は止まった時間が動き出したかのような感覚にとらわれて、慌てて深く息を吸い込む。それからベッドに勢いよく倒れ込んだ。

久しぶりに、水無月と二人だけで話した。もうそんなこと、一生できないかと思っていたのに。

そして僕は、深く理解する。まだ、水無月のことが好きなのだと。この胸の高ぶりは、今も昔も抑えることなんてできなかった。

＊　＊　＊

水無月奏は僕の高校時代の後輩だった。二年の時に入った生徒会で初めて彼女と出会い、一人でいるところに僕が話しかけた。普段から女の子と積極的に話すようなやつじゃないけれど、その時の僕はたぶん、彼女のことが純粋に心配だったのだろう。それから僕らは、校内ですれ違えば会話をするほどの間柄になった。

第一印象から、水無月は内気な人なんだなと思っていた。だけど関わりを深めるに連れて、彼女の印象はグッと変わっていった。水無月はよく笑い、よく泣く女の子だった。友達が喜んでいると自分のことのように喜び、悲しんでいると、自分のことのように悲しむ。そんな優しい女の子だ。

一番印象に残っているのは、水無月の友達が吹奏楽部のコンクールでトランペットのソロパートを吹くことが決まった時だ。あの時、生徒会室で作業をしている水無月のところへ、一人の女の子が駆け込んできた。ソロパートのオーディションに合格したと興奮気味に話す友達の両手を握って、水無月はまるで自分のことのように喜んでいた。涙を流しながら、何度もおめでとうと言って。

僕がそんな彼女に惹《ひ》かれていくのは、至極当然のことだった。一緒に体育祭の運営や学園祭の運営をして、水無月との仲はさらに深まっていった。これが〝好き〟という気持ちだと気づいたのは、二年生を半年ほど過ぎた時期だった。

牧野《まきの》遥香と知り合ったのは、水無月に恋心を自覚するようになった頃。牧野は本当に内気な女の子で、水無月がそばにいなければ、僕とまともに話をすることができなかった。けれど水無月は彼女を連れて生徒会室へやって来て、他の生徒会メンバーと一緒に、トランプやUNO《ウノ》などのゲームを楽しんでいた。仲のいい友達ができればと気を使ったのだろう。

水無月の思惑通り、僕は牧野ともそれなりに親しくなった。水無月といる時は、だいたい牧野も隣にいる。僕らは三人でいることが多くなった。

そして秋も深まった頃、牧野と水無月の会話から、水無月の誕生日が十一月五日だということを偶然知る。告白をする勇気はまだなかったけれど、プレゼントぐらいはあげてもいいんじゃないかと思い、何も言わずにこっそりと用意した。

やがて冬がやってきた時に、体を冷やさないようにするためにと、赤色のマフラーを包装紙に包んだ。初めてのラッピングでなかなか上手くいかなかったけれど、十枚ほど包装紙を無駄にした頃にようやく納得のいくものができて、僕は満足した。

そうしてやってきた水無月の誕生日に、マフラーをサプライズでプレゼントした。その日は平日で、生徒会室で二人になったタイミングを見計らって渡した。彼女はこれ以上ないほど喜んでくれて、最後には泣いてくれた。重すぎて引かれるかと思ったけれど、彼女はやっぱりとても純粋な人だった。

それからわずか数日後のことだ。

僕は生徒会室で、牧野遥香に告白された。

＊　＊　＊

僕が水無月と再会した翌日、書き上げた履歴書を持って、多岐川さんの働いているスーパーマーケットへ赴いた。彼女は店の自動ドアの前で待ってくれていて、僕を見つけると屈託のない笑みを浮かべて近寄ってくる。

「滝本さん、こんにちは！」

「こんにちは」

多岐川さんは、これからすぐにバイトなのだろうか。下はジーンズに上は半袖のTシャツという、比較的ラフな格好をしていた。

あまりまじまじと服装を見つめるのもよくないと思い、視線を上げて彼女のことを見る。多岐川さんは、まるで大切なものをどこかへ隠した子供のように、ニコニコと笑みを浮かべていた。

「実は今日、滝本さんの指導係を任されたんです」

「えっ、今日？」

訊き返すと、彼女は首をわずかにかしげた後に頷いた。

「もしかして、都合が悪かったですか？」

「いや、そんなことはないんだけど……まだ履歴書も提出してないからさ」

「全然気にしなくていいと思いますよ。うちすごく緩いので！」

「そうなんだ……」

彼女はそう言うが、僕は気を緩めたりしない。今までにも何度かバイトの面接で落とされたことがあるし、そう都合よくいかないこともあるということを知っている。

しかしそんな心配は、本当に杞憂《きゆう》に終わった。多岐川さんに事務所へ案内され、そこで少し若めの店長に挨拶をしてバイトをしたい旨を伝え履歴書を渡すと、ただ一言「君、採用ね」と告げられる。店長の言っていることが、しばらく頭で理解することができなかった。

我に返ったのは、多岐川さんが僕に話しかけてきた時だった。

「よかったですね、滝本さん」

「え、いや、すみません。本当に採用なんですか……？」

冗談で言っているのかと思い店長に訊き返すと、彼は僕を見て柔和な笑みを浮かべる。

「多岐川くんの紹介だからね。彼女、とても信頼できるんだよ」

「あの、僕と彼女が知り合ったのは、つい昨日のことなのですが……」

「それじゃあ、尚《なお》のこと君は信頼されてるんじゃないかな」

店長に言われ多岐川さんのことを見ると、彼女も僕に対して柔らかい笑みを浮かべていた。その表情に偽りの影は見えない。

一応、店長は履歴書を確認しているが、特に気になったことはないのか、すぐに紙面から目を上げた。

「給料とかの具体的な話は後でするから、とりあえず着替えてきなさい。お金がないということは、今すぐにでも働いた方がいいよね？」

「あ、はい。ありがとうございます」

　それから僕は事務所の隣にある男子更衣室へ案内され、アルバイト用の制服を多岐川さんから渡された。緑色のジャンパータイプのもので、僕はそれを羽織り貴重品を鍵のかかるロッカーへ放り込む。

　多岐川さんを待たせたりしないよう、すぐに更衣室から出ると、数分して隣の更衣室から彼女が出てきた。長い髪は器用にまとめられていて、きっとショートヘアもよく似合うのだなと、僕はふと思う。そんなことを考えていると、彼女は上目遣いに微笑んだ。

「似合ってますか？」

「似合ってるよ」

「今、適当に言いました？」

「いや、本当に似合ってるから。髪まとめてるのも、ちょっと新鮮でいいと思う」

　素直に褒めると、彼女は恥ずかしかったのか少しだけ頬を染めた。僕はそんな多岐川さんを見て、思わず口元を緩めた。

「もしかして、褒められ慣れてない？」

「そう、なんですかね？　そもそも男性に、あまり免疫がないんです。中学・高校と女子校だったもので……」

「あぁ、そうなんだ」

「大学も、男性の方が少ないんです」

それなら初対面の時に、少し馴《な》れ馴れしいことをしたかもしれない。見ず知らずの人がキャンバスを運ぶのを手伝うと言って、昇降口前までついて行くなんて。多岐川さんが優しい人じゃなければ、最悪引かれるか通報されていたかもしれない。

「あの、何かおかしなところがあれば言ってくださいね」

「今のところ、おかしなところはないかな。うん、普通だと思う」

そう伝えてあげると、彼女は安心したのかホッと胸を撫で下ろした。


多岐川さんから、店内のどこにどんな商品が置いてあるかを簡単に教えてもらった後、レジへと案内される。五台あるうちの四台で、他の従業員が商品を通して接客をしていた。僕はその一番後ろのレジで、彼女から指導を受けている。

「ここにバーコードを近づけて商品を通すんです。取り消したい時はここを押して、もう一回バーコードを読み取ってください」

「こうですか?」

言われた通りにすると、直前に通した商品が無事に取り消された。コンビニのレジでも経験したから、今までやっていたことの復習みたいなものだ。

しかし多岐川さんは僕の方を見て、首を斜めにかしげる。頭上にはてなマークが浮かんでいるかのようだった。

「えっ、何か間違えてましたか？」

「あ、いえ、完璧なんですけど……何で敬語使ってるんですか？」

「あぁ、多岐川さんはバイトの先輩にあたるので」

アルバイト中に、多岐川さんへ敬語を使わないのはさすがにマズイ。他の従業員の人たちに、敬語も使えない人間だと思われるかもしれないから。こういう些細《ささい》なことをきっちりやっておかないと、周りによい印象は与えられないだろう。

「別に、敬語なんて使わなくていいですよ？」

彼女は少し恥ずかしげに、チラリと僕を見る。

「アルバイト中だけですから、気にしないでください」

出会った時は敬語を使っていたが、その後は普段の話し方にしたので違和感があるのだろう。けれどアルバイト中だけという言葉に納得してくれたのか、彼女は素直に頷いてくれた。むしろ、多岐川さんの方こそ敬語を使わなくてもいいのにと思ったが、そこはやっぱり男性と接するのに慣れていないからなのかもしれない。

その後、練習用に持ってきた商品を通してくださいと言われたため、僕は言われた通りに手際よくバーコードを読み取っていく。同じ種類のチョコレートが三つあったため、個数のボタンを押してから乗算のボタンを押して通すと、彼女は「えっ!?」という驚きの声を上げた。僕はその声にびっくりして、商品を落としそうになる。

「あの、間違えてましたか……?」

「えっ、えっ、今のどうやったんですか!?」

一度商品を取り消してから同じことをやると、彼女は「え、すごい。そんなことできるんだ……」と、敬語を忘れて呟いた。

「もしかして、機械操作苦手なんですか?」

疑問に思い訊いてみると、彼女は恥ずかしそうに頬を染める。

「恥ずかしながら……レジの操作も覚えるのに時間がかかったので……滝本さんの方がレジ操作詳しかったんですね……」

肩を落とす多岐川さんを見て、僕は苦笑する。先ほどスーパーの前で会話をした時、僕の指導係になったことを、彼女はとても喜んでいた。きっと僕に恩返しができると思ったのだろう。調子に乗って、教えられていないことをやらない方がよかったかもしれない。

「僕、コンビニで働いていた経験しかないので。スーパーの仕事は、絶対に多岐川さんの方がよく知っていると思います。なので、あまり気にしないでください」

そんなフォローを入れると、落ち込んでいた多岐川さんの元気は少しだけ戻ったようだった。実際僕は一通りのレジ操作はわかっていても、それ以外のことはまるでわからない。多岐川さんがいなければ、僕なんて使い物にならないだろう。

「そ、そうですよね！　私に任せてください！」

そう自分に言い聞かせるように言った後、彼女はまた一通りの仕事内容を教えてくれた。スーパーでの接客の仕方、何時にゴミを捨てて、いつレジ上げを行うのか。使える商品券の説明などを、細かく丁寧にわかりやすく説明してくれる。

気づけば閉店時刻の九時になっていて、最後のお客さんが買い物袋を持って店を出て行く。それを見送った僕は、急に強い脱力感を覚えた。久しぶりにバイトをして、とても疲れたのだろう。

「ありがとうございます、多岐川さん。たぶん、だいたい覚えました」

「それならよかったです。それと、もう敬語使わなくていいですよ」

「いえ、まだスーパーを出てませんので」

冗談交じりに言うと、彼女が頬を膨らませて可愛いなと思った。そんな風に話していると、レジ上げの終わった大学生ぐらいの男が、こちらへとやってくる。

「お疲れ。今日から入った新人？」

「はい、滝本悠って言います。これからお世話になります」

「そんなかしこまらなくてもいいよ。俺、岡村《おかむら》。よろしく」

「よろしくお願いします」

岡村さんは、おそらく体育会系の人間なのだろう。僕とは違って、腕が太くガッチリとした体つきをしていた。

「多岐川ちゃんも、お疲れ」

「あっ、はい。お疲れ様です」

「滝本って、多岐川ちゃんの友達？」

「あ、えっと、はい。お友達です」

なんとなく、僕と話している時より多岐川さんの歯切れが悪かった。右手と左手を握手するように握りしめていて、視線は岡村さんの方へ定まっていない。

それだけで、男の人に緊張しているんだなということが理解できた。また、別の人がこちらへとやってくる。今度は女性で、落ち着いた雰囲気の子だった。

「お疲れ様です、梓さん」

「あ、お疲れ、渚《なぎさ》ちゃん！」

「その方が、一昨日助けてくださったんですか？」

「そう！　そうなの！」

「へぇ、一昨日、滝本なんかしたの？」

岡村さんが渚と呼ばれた女の子にそう訊ねると、彼女は多岐川さんのように戸惑ったりはしたなかった。彼がアルバイトの中で嫌われているというわけではなく、単に多岐川さんが緊張していただけなのだろう。男性に苦手意識を持っているというのは、どうやら本当だったようだ。

「学校に遅刻しそうになったのを、助けてもらったそうです。昨日電話で教えてもらいました」

「へぇ、やるじゃん滝本」

「いえ、あれは偶然というか……」

「本当に、一昨日は助かりました！」

「おいお前ら！　早く着替えて売り上げ書け！」

そんな雑談を交わしていると、とうとう店長に遠くから叱られてしまう。僕らは苦笑いを浮かべてから、残りの閉店作業を行った。

全ての業務が終了して、スーパーの戸締まりを確認した後、今日は解散ということになった。まだ研修中みたいなものだが、コンビニでバイトをした経験を生かせるため、多岐川さんに迷惑をかけるようなことはないだろう。

帰り際、多岐川さんに「一緒に帰りませんか？」と誘われて、特に断る理由もないため二つ返事で了承したが、歩きだしてからすぐに、そもそもお互いに別々の方向に家があることが判明したため、それは叶わなかった。彼女は残念そうに肩を落としながら、荒井《あらい》さん――渚さんの名字だ――と帰って行った。岡村さんは一番最初に自転車に乗って帰った。

僕も帰ろうと思い歩き出すと、スーパー前の自販機のところで、スマホを触っている女の子を見つける。誰かと待ち合わせをしているのだろうかと気になって……それからすぐに彼女が水無月であるということに気づく。水無月は少し落ち込んでいるような表情を浮かべていたが、僕を見つけるとパッと笑顔を浮かべて近寄ってきた。

「先輩。お仕事お疲れ様です」

「あ、うん。ありがと。どうしたの、水無月?」

いつのまにか、胸を打つスピードが速くなっていた。僕はそれを必死に押さえつける。

「偶然スーパーの近くまで来たので、寄ってみたんです」

「そうなんだ。もう遅いし、送ってくよ」

「ありがとうございます」

水無月はいつものように微笑むと、僕と一緒に歩き出した。大通りを何も話さずに歩き、車通りの少ない裏道へと入って行く。僕は彼女の家を知らないから、半歩ほど後ろをついて歩いた。

「久しぶりですね、こんな風に一緒に帰るのは」

「うん……」

　僕と、水無月と、牧野。三人で帰ることの多かった通学路。あんな眩《まぶ》しい日々は、もう戻ってこないのかと思っていた。

「美大、大変？」

「結構大変ですよ。毎日課題ばかりで、朝早くに学校行かなきゃいけないですし、高校生活の延長みたいなものです。先輩は、どんな感じですか？」

「課題はもちろんあるけど、高校生活よりは楽かな」

　一限目がない日もあるから、毎日早起きしなければいけなかったあの頃より、ずいぶんと時間に余裕ができている。しかしそのぶん、夜更かしをして生活リズムを崩し気味だが。

「初めての出勤は大変でしたか？」

「ううん。コンビニのバイトを経験してたから。それに、多岐川さんがわかりやすく教えてくれたし」

「梓さん、教えるの上手いですよね」

「美大で何か教えてもらったりしたの？」

「はい。梓さんは先輩ですので」

　そんなとりとめのない話を、僕たちは続ける。静寂が訪れるのが怖くて、必死に次の話題を探している自分がいることに気づいた。

「……水無月は、バイトとかしてないの？」

「一応やってますよ。ファミレスの接客です」

ウエイトレス姿の水無月は、きっとすごく似合っているのだろう。機会があれば見てみたいけれど、見に行けば下心があると思われそうで、なんとなく気が引けてしまう。実際、下心があるのだから仕方がない。

そんなことを考えていると、水無月は「駅前のファミレスですので、お時間がある時に食べに来てください」と言ってくれた。僕が頷くと、彼女は本当に嬉しそうに微笑んでくれる。

その笑顔を見るだけで、僕の心はどうしようもないほど大きく揺れてしまう。あの頃の出来事を思い出してしまって、今すぐに水無月のそばから逃げ出してしまいたくなる。このわずかな時間だけで、僕はどうしようもなく彼女のことが好きなのだと、再認識してしまった。

「どうしました？」

そう言って、水無月は僕の顔をそっと覗《のぞ》き込んでくる。僕は努めて冷静さを保ち「何でもないよ」と返した。そう、何でもない。こんな気持ちは、二度と伝えるべきじゃない。

しかしそう考えていても、内からあふれ出るこの感情は、堪《こら》えていなければポロリと口元から漏れ出てしまいそうだった。

水無月はそれから、うかがうように僕のことを見て「先輩、遥香のこと覚えてましたか？」と、訊ねてきた。忘れるわけがない。あの頃の出来事は、忘れようと試みても一度も忘れることなんてできなかったのだから。

頷くと、彼女はまた話を続ける。

「昨日、久しぶりに電話がかかってきたんです」

「……そうなんだ」

僕が牧野とまともに話したのは、あの告白の返事をして以降数えるほどしかない。水無月と同じく連絡先は残っているけれど、かかってくることもなければかけることもしなかった。

続く彼女の言葉に、僕は酷《ひど》く動揺してしまい、まるで何かに搦《から》めとられたようにその場に立ち止まってしまう。

「遥香、今でも先輩のことが好きみたいですよ」

あんなにもこじれてしまったというのに、僕らはあの時から何一つ変わってなんていなかった。牧野は僕のことを好きでいてくれて、僕は水無月のことがいまだに忘れられなくて。だから今も昔も、牧野の気持ちを受け止めることはできない。

立ち止まって、こちらを振り返った水無月は、うかがうようにこちらを見つめてくる。

「遥香と、一度話してみませんか？」

そうやって今も、彼女は僕と牧野の仲を取り持とうとする。僕はそれが、たまらなく辛《つら》い。

「……ごめん。好きな人がいるから、気持ちは受け取れないんだ」

水無月は一瞬だけ悲しげな表情を浮かべてしまったが、すぐに笑顔を作って、からかうように訊ねてくる。

「それは、梓さんのことですか？」

「違うよ」

あまりにもすぐに否定してしまったから、図星だと思われてしまったのだろう。水無月は軽く微笑んで、ニヤリと口角を吊り上げた。

「梓さん、とても綺麗ですもんね。それに天然なところがありますし。真面目な先輩と二人で話してるの見てると、お似合いだなって思いました」

「だから、違うって」

少し語気が強くなってしまい、水無月の表情から笑みが消える。彼女の笑顔を奪ってしまったことにいたたまれなさを覚えたが、僕はこれ以上気持ちを押さえつけておくことができそうになかった。

ただひたすらに肥大した思いは、三年越しにまた僕の口から漏れ出てしまう。

「……水無月」

「えっ？」

「今も、水無月のことが好きなんだよ」

あふれ出るそれは、押しとどめておくことなんてできなかった。僕はまた、あの時と同じように過ちを犯してしまう。何も伝えたりしなければ、先輩後輩という関係で、一緒にいられたかもしれないのに。

彼女は本当に驚いたといったように、大きく目を丸める。そんな答えは、全く予想していなかったという風に。それから浮かべていた表情を崩し、一瞬だけ目を伏せた。僕を見て、困ったように微笑む。

「先輩のことを振ったのに、今まで好きだったんですか？」

僕はハッキリと頷く。告白した時、水無月には『ごめんなさい。先輩をそういう目では見られません』と言われた。それでも僕は、諦めることなんてできなかった。

「好きなんだよ。今でも、昔と全然変わらないぐらい」

「……どうして、そんなに私のことが好きなんですか？」

あらためて言葉にするのは恥ずかしいけれど、ここで言わなければもう一生伝えることはできないと思った。だから、一度両手を強く握りしめて、僕は水無月に伝えた。

「友達が喜んでる時は一緒に喜べて、泣いてる時は自分のことのように悲しめる。そういう友達思いなところが、すごくいいなって思った。だから、好きになった……初恋だった」

その初恋という言葉に、彼女の瞳が小さく揺れたような気がした。けれどそれは一瞬のことで、水無月はすぐに反対方向へ体ごとそっぽを向いてしまったから、確認することはできない。

「水無月……？」

「……ごめんなさい、何でもないです」

こちらへ振り向いた彼女の瞳はもう、揺らめいたりしていなかった。先ほどと同じように、水無月は困ったように微笑む。

「先輩の気持ちは、とっても嬉しいです。でも、やっぱり受け止めることはできません」

そんな風にあっさりと決断を下されて、僕の心はキュッとしぼんでしまったかのような不快感を覚える。喉がカラカラに渇き、今すぐに泣き出してしまいたくなった。

「遥香のこと応援するって、高校生の頃に言っちゃったんです。私がもし先輩と付き合ったりしたら、遥香はきっと悲しみます。だから私は、先輩をそういう目で見ることはできません。親友を、裏切ることはできないんです」

水無月がきっぱりとそう言い切ったため、その意思が決して曲がらないことを、強く理解してしまった。それから彼女は、向こうのアパートを指差す。

「すみません。私の部屋あそこなので、これで失礼します」

そう言って彼女は僕から離れていく。呼び止めようとしたが、かける言葉は見つからない。しかし僕が呼び止めるよりも先に、水無月は立ち止まってくれた。

「……だけど滝本先輩のことは、先輩としてとっても好きです。また会えて嬉しかったのも、本当です。これからも、私と話してくれると嬉しいです」

僕は深く考えたりせず、その言葉に頷いてしまった。これが僕と彼女の一線。決して越えることのできない壁だった。

僕が頷いたのを認めると、水無月は安心するように微笑んでから、最後に「さようなら」と呟いてアパートの階段を上っていく。一人取り残された僕は、ただ呆然《ぼうぜん》とその場に立ち尽くす。

いったい、どうすればよかったのだろう。もっと強く思いを伝えれば、水無月は僕のことを考えてくれたのだろうか。今すぐ牧野に電話をして、僕のことを諦めてほしいと説得すれば、水無月は振り向いてくれるのだろうか。

しかしそれはいずれにしても、僕の好きな水無月を困らせたり、悲しませてしまう行為であることに気づいてしまった。彼女がそうと決めてしまった以上、僕はもう何も言うことができない。

　それからの僕は、どのようにして一人暮らしをしている自分のアパートへ戻ったのか、あまりよく覚えていない。ただ気づいた時には敷いた布団の上に横になっていて、朝陽の眩しさで目を開けた。

　スマホを確認すると、多岐川さんから一通のメールが届いている。内容は、『今日もバイトに来られますか』というもの。まだシフトが決まっていないから、しばらくは研修ということで自由に入ることができるのだろう。

　正直起き上がる気力もないほど精神的に疲れ果てていたが、早くバイトの研修を終えなければ、紹介してくれた多岐川さんに申し訳が立たない。こんな個人的な理由でバイトを休むのはダメだと、自分に言い聞かせた。

　僕は「今日も出勤します」という簡潔な文章を書いて、多岐川さんへ送信した。わずか数十秒後に、彼女からメールではなく電話がかかってくる。迷ったけれど、僕は応答のボタンを押した。

『あっ、滝本さん。おはようございます』

「うん、おはよ……」

『もしかして、寝起きでしたか……？　だとしたら、すみません……』

「ううん、気にしないで」

スマホを持ったまま起き上がり、眠気覚ましのために冷蔵庫から取り出した麦茶をコップに入れて、飲み干した。おかげで、ずいぶんと頭が冴えたような気がする。

「それで、どうしたの？　突然電話なんてしてきて」

『滝本さんが出勤できるとメールをくださったので、お礼を言おうと思いまして。ありがとうございます』

多岐川さんの律儀さに、僕は苦笑する。

「わざわざ電話じゃなくても、メールでよかったのに」

『私、メールじゃなくて電話の方が好きなんです。その方が、心がこもってると思いませんか？』

彼女に言われてから僕もそうだと思い直したけれど、迷いなく言える多岐川さんは少し変わってる。

『あの』

そう言って多岐川さんは、うかがうような声で訊いた。

『もしかして、落ち込んだりしてますか？』

それが図星だったから、僕は何と返事をしたらいいのか迷ってしまう。そんなわずかな間で、彼女は察してしまった。

『やっぱり、電話の方がいいですね』

「……ごめん、そんなにわかりやすかったかな」

『はい、とっても。ということで、今日のバイトの後は予定を入れずに空けておいてください』

「えっ？」

『用事があるので、これで失礼しますね』

僕が何か返事をする前に、多岐川さんは一方的に通話を切ってしまった。首をかしげつつも、彼女の意図していることはなんとなく理解できる。おそらく、バイトの後に食事に誘ってくれるのだろう。

優しいなと思いつつ、気を使わせてしまったことが申し訳なかった。せめてバイト中ぐらいは、気を抜かないようにしなければいけない。

しかし大学へ向かう身支度を整えている時、ふともう一度スマホを確認して、僕は気づいた。今日は土曜日で、大学は休みだ。

一気に気が抜けてしまい、フローリングの床に仰向けに転がる。ジッとしていると昨日の出来事がフラッシュバックして、酷く不快な動悸《どうき》に苛《さいな》まれた。かといって再び眠ることもできずに、仕方なくまた起き上がる。

これから、どうしていけばいいのかがわからなかった。恋愛一筋に生きてきたわけじゃ決してないけれど、三年の片思いが玉砕してしまったことで、心に大きな穴がぽっかりと空いてしまった気がする。

眠ることもできず、かといって何もしていなければ水無月のことを思い出してしまうから、仕方なく本棚から文庫本を取り出す。これで少しでも時間を潰そう。そんな風に無理やり時間を浪費していると、いつのまにかアルバイトの時間が迫っていた。

手早く着替えて、僕はスーパーへ向かうために重い腰を持ち上げた。

多岐川さんに迷惑をかけてはいけないと、自分に言い聞かせていたというのに、今日のアルバイトは散々なものだった。お客様の商品を一品通し忘れたり、売り物のたまごを落として割ってしまったり。土曜の忙しい中でやらかしてしまったから、明らかに今日の僕は邪魔者でしかなかった。

それなのに多岐川さんは、「そういう日もありますよ」と励ましてくれて、店長は二日目だからと言ってそれほど怒りはしなかった。ミスをしたのは自分の気持ちの問題だったから、ただただ申し訳ないという気持ちが募っていく。

バタバタとした営業時間が終わり、更衣室で着替えをしていると、岡村さんは僕の肩をポンと優しく叩《たた》いてきた。

「お疲れ、滝本」

「お疲れ様です」

「どうした？　浮かない顔して」

意識して普通を装っていたのに、やはり見抜かれてしまうようだ。僕は岡村さんに叱ってほしくて、今日腑抜《ふぬ》けていた理由を正直に話す。

「実は、好きな人にフラれちゃいまして……」

「もしかして、多岐川ちゃん？」

そう僕に訊いてくる岡村さんの目は、なぜか期待の色に染まっている。

「違います。高校の頃から、片思いしていた相手がいるんです」

「あ、あぁ。そうなんだ」

僕はそれから、水無月との一件をかいつまんで話した。高校の頃に、彼女のことを好きになったこと。告白をして、フラれたこと。そして最近偶然にも再会して、またフラれてしまったこと。そのフラれてしまった理由。

まだ二日目の後輩だというのに、岡村さんは割と真剣に聞いてくれた。そして全てを話し終わった時、彼は言った。

「それは、向こうが悪いんじゃないか？」

予想もしていなかったその言葉に、僕は目を丸める。

「えっ、どうしてですか？」

「いやだって、友達のこと応援してるって言っても、二年間滝本に連絡もしなかったんだからさ。それって応援してないじゃん」

そういえばそうだと、今更ながらに僕は気づく。牧野が僕のことをまだ好きなのは、つい昨日知ったことなんだから。僕に連絡を取ろうと思えば、いつでも取れたというのに。

「まあ、二回告白してダメだったんだからさ、新しい恋でも見つけろよ」

岡村さんは澄ました顔でそう言ったが、すぐに我に返ったのかハッとした表情になり、僕の両肩を掴んでくる。

僕はびっくりして、一歩後ずさった。

「でも、多岐川ちゃんはダメだからな！」

「えっ」

「とりあえず、多岐川ちゃんはダメだ！」

そこまで必死に言わなくてもと思ったが、やや遅れて岡村さんの言葉の意味を理解する。なんとなく、薄々勘づいてはいた。

「もしかして、多岐川さんのこと好きなんですか？」

その言葉に、岡村さんは子供みたいに顔を赤くする。それから慌てたように、更衣室のドアの方を振り返った。おそらく、誰かに聞かれていないか確認したのだろう。

再びこちらへ振り返った時に、先ほどより強く肩を掴まれた。

「今のは、ここだけの話だからな」

「は、はあ……」

「多岐川ちゃんには、間違っても言わないように」

「わかりました」

僕の言葉を聞いて安心したのか、ようやく肩を解放してくれる。

「あの、岡村さんはどうして多岐川さんのことが好きなんですか？」

参考までに僕はそう訊いてみる。すると彼は、当然だと言わんばかりに堂々と、胸を張って言った。

「そんなの、可愛いからに決まってるじゃん」

「あ、あぁ……そうですよね。可愛いですもんね」

「だろう？」

同意を求められ、とりあえずは頷いておいた。思っていたより数倍単純な理由で、思わず拍子抜けしてしまう。でもまあ、多岐川さんは明らかに周りの女性より可愛い……というより美人だから、一目惚《ひとめぼ》れする人も多いのかもしれない。

そんなことを考えながら着替えを済ませ、店内の戸締まりをしてから外へ出る。五月の夜は生暖かい。寒いよりも暖かいのが好きな僕は、これぐらいの気温がちょうどよかった。

　昨日と同じく岡村さんは自転車に乗って帰り、僕と多岐川さんだけが店の前に残る。荒井さんは、今日は出勤日ではなかった。

　多岐川さんはみんなが帰ったのを見計らって、僕に柔らかい笑みを浮かべてくる。

「それじゃあ、行きましょうか」

「待って。家近いし、車取ってくるよ」

「車はダメです。歩いて行きましょう」

　僕は一度首をかしげたが、すぐにその意図が読めた。

「居酒屋行くの？」

「美味しい焼き鳥屋さんが近くにあるんですよ。今日はそこで飲み明かしましょう」

「いや、僕お酒飲んだことないんだけど……」

「明日も休みの日なので、万が一酔い潰れても大丈夫です。ほら早く」

　何が大丈夫なのか、あまりよくわからなかった。やや強引に多岐川さんが焼き鳥屋へ向かってしまったため、僕は仕方なく後をついて行く。

　歩きながら、僕は前を歩く彼女へ質問を投げる。

「多岐川さんって、女子校に通ってたんだよね？」

「はい。そうですよ？」

「男性に免疫がないって言ってたけど、僕は大丈夫なのかな」

すると多岐川さんは一度立ち止まり、僕の顔をまっすぐに見つめてくる。僕といえば、突然見つめられて恥ずかしくなってしまい、明後日《あさって》の方向へ視線を投げた。

「滝本さんって、中性的な顔立ちしてますよね」

「はい？」

予想外の言葉が返ってきて、今度は僕が首をかしげてしまう。

「滝本さんって、そこまで男っぽくないので！」

「男っぽくないって……」

初めて女性からそんなことを言われ、僕は落ち込んでしまう。そんな僕の姿を見て慌てたのか、彼女は言葉をつけ加えた。

「も、もちろんいい意味です！　それに、初めて会った時に突然助けてくださったので、信頼してるんだと思います！」

なんとなく腑に落ちなかったが、僕はとりあえず納得しておくことにした。

「岡村さんのことは、どう思ってるの？」

「えっ、岡村さんですか？」

明らかに彼女の口元が引きつったのを、僕は見逃したりしなかった。おそらく、苦手意識を持っているのだろう。かわいそうに、岡村さん。

「えと、嫌いではないんですけど……初めて会った時から、上手く話せないんですよね……」

「岡村さん、男らしいからね」

そう言うと、多岐川さんはすぐに首を縦に振って同意してくれた。男らしいというのは恋愛面ではプラスになるけれど、彼女にとってはマイナスにしかならないようだ。これは、よっぽどのことがなければ脈がなさそうだなと、再び岡村さんのことを不憫に思った。


焼き鳥屋に到着して入り口のドアを開けると、肉の焼ける香ばしい匂いが鼻の奥を通り抜けた。それだけで疲れていた体が食を求め、お腹がくーっと小さく鳴ってしまう。その音が聞こえていたのであろう多岐川さんは、僕を見てからかうように微笑んだ。

店員さんに奥のテーブル席へ案内され、そちらへ向かう。案内された場所は個室になっていて、周りの客に相談事を聞かれる心配はなさそうだった。

多岐川さんはテーブルの上に置いてあるタブレットを手に取り、慣れた手つきでそれをタップしていく。どうやらその機械で注文するようだ。

「ここ、よく来るの？」

「はい。渚ちゃんとよく来ますね」

「荒井さんと仲良いよね」

「大学一年の春に、ほぼ同じタイミングで入ったんですよ。戦友みたいなものです」

アルバイト仲間を戦友と表現したのが面白くて、僕は小さく微笑む。彼女は僕にも見えるように、タブレットをこちらへ傾けてくれた。

「初めての方にオススメなのはカシスオレンジなんですけど、スクリュードライバーもいいかもしれませんね。カルーアミルクも、甘くて美味しいですよ」

「えっ、スクリュ……何？　カルーアミルク……？」

お酒の知識が全くと言っていいほどない僕は、突然飛び出した専門用語に首をかしげる。

「スクリュードライバーはウォッカをオレンジジュースで割った飲み物で、カルーアミルクはコーヒー牛乳みたいなものですよ」

「あっ、じゃあカルーアミルクで……」

僕は、コーヒー牛乳みたいなものと評した多岐川さんを信じることにした。彼女は僕の選んだカルーアミルクと、カシスオレンジをタップする。それから嫌いな食べ物を訊いてきて、何もないと答えると、もも串やぼんじり、つくねをポンポンとタップしていった。そして注文ボタンを押す前に、多岐川さんは言った。

「あ、これ今日のお会計全部私が持ちますので。滝本さんも遠慮せずに注文してくださって構いませんよ」

「えっ!?」

僕は思わず、店内に響くほどの大声を上げてしまった。

「いやいやいや、僕が奢るって。これって僕の話を聞いてもらう会……みたいなものだよね？」

「それはそうですけど、誘ったのは私ですから」

そう言うと、多岐川さんは注文ボタンをタップしてしまった。その一動作で、いったい、いくらのお金がかかったのか、僕は値段をあまり注視していなかったからわからない。

彼女は慌てふためく僕を見て、笑顔を作った。

「助けてくださったお礼と、滝本さんのアルバイト歓迎祝いということで、今日は奢られてください」

「……わかったよ」

素直に頷いておいたが、会計の時はなんとしてでも僕が払うか、せめて割り勘にしてもらおうと心に誓った。

程なくして注文した焼き鳥とお酒がやってきて、テーブルの上は一気に賑《にぎ》やかになる。彼女がカシスオレンジというお酒の入ったグラスを掲げたから、僕はカルーアミルクの入ったグラスを多岐川さんのグラスにぶつけた。

「乾杯！」

元気よく彼女がそう言うと、すぐにゴクゴクと飲み始め、グラスの中のお酒は半分ほどまでに減っていた。僕は思わずハッとして、多岐川さんに質問を投げる。

「多岐川さんって、誕生日いつ？」

「へ？」

すでに若干顔を赤くしている多岐川さんは、人差し指を唇の下に当てて考える仕草を取った。自分の誕生日なんて、考える必要もないだろうに。

たっぷり思考をした後、多岐川さんは答えた。

「十一月の二十四日ですよー」

「あぁ……」

それならまだ未成年じゃないか。そう気づいた時には、もう遅かった。僕は小声で彼女に伝える。

「お酒、まだ飲めないんじゃん」

酔っているのか多岐川さんは首をかしげたが、すぐに納得した表情に変わり、クスクスと微笑んだ。まあ、もう大学生だから、バレなければ問題はないだろうとは思う。けれど彼女は妙にお酒に慣れていて、なんだか普段の生活が気になってしまった。こんな風に、常日頃からお酒を飲んでいるのだろうか。それは少し、心配だ。

僕は成人しているから、別にお酒を飲んでも何の問題もないため、グラスを口につけて、おずおずと傾けていく。そして、初めてお酒というものを口の中に含んだ。

「あ、美味しい……」

若干口の中にアルコールの不快感があるが、間違いなくコーヒー牛乳の味だった。体が少し火照《ほて》り始めた気がするけれど、これはお酒の効果なのだろう。初めて感じる不思議な感覚に、僕はしばしの間浸《ひた》っていた。

「美味しいですか？」

「うん、これすごく美味しいよ」

「それならよかったです」

多岐川さんはそう言って、ニコニコと微笑んでいる。先ほどから全く笑みを崩していなくて……もしかして、本当に酔っているのだろうか。グラスのたった半分で？

「もしかして、酔ってる？」

「えっ、全然酔ってなんかいませんよー」

子供みたいな無邪気な笑みを見せる多岐川さん。彼女がそう言うなら、おそらく僕の勘違いだ。彼女はつくねに手を伸ばしながら、今日の会の本題を切り出した。

「滝本さん、何かあったんですか？」

「うん、まあ……」

「これもお礼の一環ですので、今日は思う存分私に話しちゃってください」

正直、僕と水無月の話をいろんな人に話すのは気が引けるし、水無月自身もあんまりよくは思わないだろう。だから彼女とのことを話すのは、今回だけにしておこうと思った。

「高校生の頃から片思いしてた相手に、昨日フラれちゃったんだよ」

そう話を切り出すと、なぜか多岐川さんは急に頬を赤らめてしまった。これはたぶん、酔いではない。

「あの、ごめんなさい。私、恋愛したことなくて……全然相談に乗れないかもしれません……」

「いや、気にしないで。聞いてくれるだけでも、嬉しいから」

実際誰かに話をすることで、心の整理ができるような気がする。フラれた時は何も考えられなかったけれど、岡村さんと多岐川さんが話を聞いてくれて、だいぶ心に余裕ができてきた。

「もしよろしければなんですけど、私に詳しく話してくれませんか？　何もアドバイスできないかもしれないですけど……」

僕は頷いて、彼女の好意に甘えることにした。多岐川さんは水無月のことを知っているため、片思いをしていた相手の名前は一切出さずに、これまでの経緯を説明する。

もし僕らの過去を知ってしまったら、多岐川さんも気まずくなるだろうから。

　話し終わるまで、多岐川さんは相槌《あいづち》を打ちながら真剣に聞いてくれて、僕はただ純粋に嬉しかった。そして話が終わった時、多岐川さんはすんと小さく鼻をすする。少し、彼女の瞳には涙がたまっていた。

「その人のこと、滝本さんはすごい大好きだったんですね……」

　そして、たまっていた涙はほろりと頬を伝って流れ落ちていく。突然泣き出した彼女に動揺したけれど、僕はすぐにハンカチを差し出した。お礼を言うと、多岐川さんはそっと涙を拭う。

「大丈夫？」

　彼女は頷いて「すみません。なんだか、悲しくなっちゃって……」と呟いた。

　多岐川さんは、何も関係がないはずなのに。男としてそんな感情を表に出せない自分のために泣いてくれた気がして、胸が熱くなる。誰かが悲しんでいると、自分のことのように悲しくなる。多岐川さんは、少し水無月に似ているのかもしれない。

　僕はただ一言、「ありがとう……」と言った。僕のために、悲しんでくれて。悲しみを共有したことで、少しだけ失恋の傷が癒《い》やされた気がする。それだけで、多岐川さんに相談してよかったと、心の底から思うことができた。

　そして僕は、ぽつりと呟く。

「もう、諦めた方がいいのかな……」

そんな弱気な言葉を呟いたのは、きっと多岐川さんに聞いてほしかったから。聞いて、彼女に意見を仰ぎたかった。

多岐川さんは僕の質問に、すぐに答えてくれる。

「それは、滝本さんが決めることです。私が決めて、滝本さんが納得しちゃったら、きっと後で後悔しますから」

彼女の言う通りだ。ずっと忘れられなくて、今まで悩み続けてきたのだから。今更誰かの意見で納得したとしても、それは僕自身が決めた答えじゃないし、いつか振り返った時に絶対後悔する。

「でも滝本さんなら、いずれ納得できる答えが出せると思います。だって滝本さんが好きになった方なら、きっととても素敵な人のはずですから」

多岐川さんは、そう言って僕のことを励ましてくれた。心に重くのしかかっていたものが、軽くなったような気がする。僕は「ありがとう……」と言って、ぼんじりに手を伸ばして口に運ぶ。それからふと気になって、彼女へ質問を投げた。

「多岐川さんは、好きな人とかいないの?」

ちょうどカシスオレンジを飲んでいた多岐川さんは、むせてしまったのか思い切り咳《せき》をする。

「あ、ごめん……訊かない方がよかった？」

「いえ。ちょっと、びっくりしちゃいまして……」

一度深呼吸をしてから、あらためて教えてくれた。

「気になる人はいますけど、今のところ好きな人はいませんよ。女子校で、そういう経験はあまりありませんでしたから」

「そうなんだ」

きっと多岐川さんが共学に通っていたら、何人かに告白されていたのだろう。それぐらい彼女は美人で、おまけに愛想もいい。

「でも、何も伝えられないまま、終わっちゃいそうです」

「どうして？　多岐川さん、すごく魅力的だと思うけど」

「……そういうこと、真顔で言うのやめてください。返事に困ります」

感じたことをそのまま話したせいで、多岐川さんは困ったように口をとがらせる。

グラスに少しだけ残ったカシスオレンジを飲み干して、何やらタブレットを操作し始めた多岐川さんは、それが終わるとほんのり顔を赤らめながら僕に質問をする。

「滝本くんは、結構モテそうですよね」

突然呼び方が滝本くんに変わって、僕は一瞬背中がむずがゆくなる。距離が縮まったような気がして、ちょっとだけ嬉しかった。

「全然だよ。告白されたのも、高校の時に一回だけだから」

「えぇ、そんなことないと思いますよ」

「大学じゃ女性の知り合いすらいないよ」

言ってて悲しくなるが、事実だから仕方がない。

程なくして店員さんがやってくると、徳利《とっくり》とお猪口《ちょこ》をテーブルの上に置いていった。

先ほど多岐川さんが頼んだものなのだろう。

「日本酒、飲んでみますか？」

興味があって見つめていたのがバレてしまったらしい。僕が頷くと、彼女はお猪口に日本酒を注いでくれた。

それを受け取って、少しだけ口に含んでみる。そしてその独特な味を舌が認識した瞬間、慌てて器から口を離した。

「あ、やばいこれ……」

「お口に会いませんでしたか？」

注いでくれた手前申し訳なかったが、正直一杯も飲めそうになかったため、苦笑いを浮かべながら頷く。多岐川さんはそんな僕に嫌な顔を見せずに、お猪口に残った日本酒を一気に飲み干してくれた。

「多岐川さんって、結構お酒飲むんだね」

「はい、好きなんです」

「未成年がお酒を好きなんて、ちょっとどうかと思うんだけど」

「滝本くんは、ちょっと真面目すぎですよ～」

美味しそうに日本酒を飲む多岐川さんのために、僕は徳利を持つ。その意図を理解してくれたのか、嬉しそうにお猪口をこちらへ近づけてくれた。

注いだものは、またしても一瞬でなくなり、多岐川さんの顔はさらに紅潮する。僕はさすがに心配になって、一旦注ぐのをやめた。

「もうやめた方がいいんじゃない？」

「いえ、らいじょーぶです！」

呂律《ろれつ》が回っていないように聞こえたが、僕は戸惑いながらも多岐川さんに従った。注いであげると、美味しそうに日本酒を飲んでくれるから、ついつい調子に乗ってしまうのだ。

結局それからも彼女は、梅酒やハイボールを次々と頼んでいき、「そろそろ本当にやめといた方がいいんじゃない……？」と制止の言葉を投げかけた頃、畳の上へ横になった。お酒の飲みすぎで潰れてしまったのだろう。もっと早くに止めておけばよかったと思った頃にはもう遅かった。

酔い潰れた多岐川さんの隣へ移動して肩を揺すり、「大丈夫？」と声をかけてみると、「気持ち悪い……」と言いながら眉を寄せる。

「トイレ、連れてった方がいい……？」

「ううん……大丈夫……」

敬語を使う余裕すらなくなってしまった多岐川さんのために、通りがかった店員さんにお冷《ひや》を頼んでから、少しだけ残った焼き鳥を腹の中へおさめた。

そしてなんとか多岐川さんを起き上がらせて、店員さんが持ってきてくれたお冷やを彼女の口元に近づける。

「お水、飲めそう？」

コクリと小さく頷いたのを見て、彼女に水を飲ませた。それから僕の肩を貸して、一緒に立ち上がる。密着して多岐川さんの吐息と体温に少しドキドキしたが、緊急時だからと自分に言い聞かせる。

そのまま伝票を持って会計に行き、多岐川さんがバッグから財布を取り出そうとしたが、それより先にお金を出して精算を済ませた。

焼き鳥屋を出て、僕らは夜風に当たる。もう零時に近かったため、辺りの車の往来は少なかった。

「あの、ごめんなさい……後でちゃんとお金払います……」

「別にいいよ。それより、大丈夫？」

「大丈夫じゃないかもです……」

「おぶうよ」

おぶわれるのは恥ずかしいかもしれないが、そのまま歩いて帰ると時間がかかりすぎてしまう。多岐川さんは遠慮をしたが、半ば強引に話を進めたことにより、最後には渋々了承してくれた。初めて妹以外の女性をおぶったけれど、こんなにも軽いのだということに僕は驚いた。

僕の住んでいるアパートへ連れて行くより、自分の家の方が落ち着けるだろうと思い、多岐川さんに道を訊きながら歩き出す。

その間、彼女は僕の背中に向かって何度も「ごめんね……」と呟き、そのたびに僕は「気にしないで」と返していた。多岐川さんのおかげで心の整理ができたのだから、こんなことで怒るわけがない。それに、酔って暴れ回らないだけマシだとも思う。ただ、お酒を飲んだ多岐川さんは、いつもよりちょっとだけ、口元が緩むようだ。

「悲しかったよね……」

そう言って、彼女は鼻をすする。

「無理、しなくてもいいんだよ……」

その言葉が耳に届いた瞬間、僕の抑えていた気持ちが、一気にあふれ出してきた。瞳から涙がこぼれ落ちる。多岐川さんをおぶっていてよかった。隣を歩いていたら、きっと泣き顔を見られていたから。

けれど、僕の両手は彼女をおぶうために使われていて、落ちる涙を拭うことはできなかった。

多岐川さんに案内されてたどり着いたアパートの階段を上っている時、彼女は唐突に「あ、もうヤバイかも……」と呟いた。僕が「えっ？」と訊き返すと、「ごめん、吐きそう……私、右端の部屋……」と先ほどより苦しげに返してくる。近所迷惑だと思ったが、慌てて階段を駆け上がり、一番右端の部屋へダッシュする。

たどり着いた僕はドアノブを回して……それは当然のごとく鍵がかかっていた。

「多岐川さん、鍵は!?」

「カバンの中……」

女性のカバンの中を漁《あさ》るのは気が引けたが、緊急事態だと割り切り「ごめん」と謝って中から鍵を取り出した。それを使い部屋の中へ入り、照明のボタンを押す。暗い室内は明るくなり、左手にトイレがあることを確認した。多岐川さんに靴を脱いでもらってから、トイレの手前まで連れて行き、ようやく彼女を床に下ろす。

多岐川さんは這うようにトイレの中へ入って行き、僕はしばしの間耳を塞いだ。しばらくすると水の流れる音が聞こえてきて、塞いでいた耳を解放する。

やがて、トイレの中から多岐川さんが出てくる。楽になったか訊こうかと思ったが、出てきた途端に床へ座り込んでしまったから、まだおそらく調子がよくないのだろう。

「水持ってくるから、食器棚開けていい？」

コクリと頷いたのを見て、キッチンにある棚からガラス製のコップを取り出した。水を汲《く》んで多岐川さんに手渡すと、彼女はそれを一気に飲み干す。

それから泣きそうな表情を浮かべながら、「もう、お嫁にいけない……」と呟いた。

「気にしないで。耳塞いでたし、それに僕しか知らないから」

「うぅ……」

「とりあえず、居間に行こうよ。ずっとここにいるのも変だし……居間、上がってもいいかな？」

多岐川さんをアパートへ送り届けたのだから、もう帰っても問題ないのだろうけれど、今は純粋に彼女のことが心配だった。体調の悪い女の子を放っておくなんてこと、僕にはできない。

「待って、ちょっと片づけます……」

「僕は気にしないよ」

「ううん、これ以上恥の上塗りはしたくないので……」

そこまで言うならと、僕は彼女に従った。多岐川さんが居間に行って、五分ほど経った頃だろうか。そろそろとドアが開かれて、「入ってもいいですよ」と言われた。

部屋に入ってみたが、それほど散らかっている様子はなく、かといって今まで散らかっていたようにも見えなかった。

僕の部屋より物が多いのは、きっと女の子だからなのだろう。机の上に可愛らしい子犬のぬいぐるみが置かれていたり、床の上にはピンク色の丸いクッションがある。そこかしこに女の子らしさが垣間見え、先ほどから漂っている甘い匂いに僕は少しクラクラとした。

上の空でそんなことを考えていると、多岐川さんは丸いクッションを枕にして横になる。まだ顔は青白い。

「ごめん、ごめんね滝本くん……ちゃんと謝りたいけど、頭痛が酷いから後日しっかりお礼するね……」

「いや、本当に気にしないで。止めなかった僕も悪いから。布団出す？」

あれこれ女の子の部屋を触るのはよくないと思ったが、本当にしんどそうにしているから仕方ないのだと、また自分に言い聞かせる。実際多岐川さんは頷いたし、おそらく寝心地が悪いのだろう。

僕は収納場所から布団と毛布を一式取り出して、床に敷いてあげる。その際布団に染みついた今までより強い彼女の匂いが辺りに漂ったけれど、努めて冷静を装った。

多岐川さんは、青色の薄手の上着を脱いで布団の上へと横になる。その上着を受け取って畳もうとした時、下から二つ目のボタンが取れかかっていることに気づいた。酔っ払っている時に、どこかへ引っ掛けたのだろうか。

「多岐川さん、裁縫道具ある？」

「裁縫道具、ですか？」

「上着のボタン取れかかってるから」

僕の言葉に納得したのか、多岐川さんは向こうにある棚の一番下を指差す。

立ち上がって取りに行こうとすると、部屋の隅に大きな黒いギターケースが二つ置かれていることに気づき、思わずそれに近づいていた。

「多岐川さんって、ギター弾けるの？」

「あ、はい。一応、弾けます」

「へぇ、すごいね。なんか、かっこいい」

よく見ると、二つのギターケースは大きさが違っていた。おそらくアコースティックギターとエレキギターなのだろう。そこで僕は、ふとあることを思いついた。

「体調が治ったら、多岐川さんの演奏してるとこ聞かせてよ。それがお礼ってことで、いいかな？」

多岐川さんの方を振り返ると、やや恥ずかしそうに僕のことを見つめていた。しかしわずかな沈黙の後、控えめに頷いてくれる。僕はなんだか嬉しくなって、柄にもなく自然と笑顔を浮かべてしまった。

棚から裁縫道具を見つけると、糸と短めの針を取り出し二本取りにして、玉結びをする。そんな僕の姿を見て、多岐川さんは「おばあちゃんみたい……」と呟いた。僕は微妙な笑みを浮かべて、上着の取れかかっている糸を外してから、あらためてボタンを縫いつけた。そして見えないように裏側に玉止めを作って、残った糸を切ってしまう。

上着を畳み直して多岐川さんを見ると、なぜか僕を見て目を輝かせていた。

「えっ、どうしたの?」

「すごいなって、思ったんです。私がやると時間かかっちゃうので」

「慣れれば簡単だよ」

「滝本くん、器用なんだと思います」

「そんなこと、ないと思うけど。でも、ありがと」

謙遜したが、褒められたため一応お礼を言って、僕は立ち上がった。

「じゃあ、もう帰るよ」

「えっ……」

唐突に、彼女は不安げな表情を浮かべて僕のことを見上げてくる。首をかしげると、彼女は毛布を持ち、鼻から下までを隠してしまった。

「どうしたの？」

「あの、もう夜も遅いので、泊まっていった方がいいかもしれません……」

「いや、女の子の部屋に泊まるなんてダメでしょ」

「でも、危ないですから……」

どうして、彼女がそこまで僕を引き止めるのかわからなかった。もう僕は成人しているし、こんな時間に出歩いても何の問題もない。そこまで考えて、もしかすると多岐川さんは、まだ酔いが覚めていないのかもしれないと思った。

「もしかして、まだ酔ってる？」

よく見れば、顔がまだほんのりと赤い。あれだけ飲めば、酔いが覚めるのに時間がかかるのかもしれない。

「わかりません……ただ、まだ気持ち悪いです……」

正直、僕が止めなかったのも悪いけれど、あんなにお酒を飲んで潰れたのは、多岐川さんの自己責任だ。けれど自己責任だからといって、体調の悪い彼女を一人にしておくことには一抹の不安を覚える。立ち上がれなくて、布団の上に吐き出してしまったりしたら大惨事だ。

僕は一つため息をついて、再び床の上に腰を落ち着けた。

「体調が悪いなら、泊まってくよ」

僕がそう言うと、多岐川さんはすんと鼻をすすった。

「すみません。無理を言ってしまって……」

「ううん。一人暮らしで風邪引いた時、大変だってこと僕も知ってるから」

「また、お礼しますので……」

僕は彼女の言葉に苦笑する。偶然にも多岐川さんのことを助けて、お礼にバイト先を紹介してもらって、話を聞いてもらって、彼女のことを介抱して。あらためて振り返ってみると、不思議な関係だなと思う。僕らのこのお礼は、いつになったら途切れるのだろうと考えて、そういう日が来たとしたら、きっと僕は寂しく思うんだろうなと、そんなことをふと感じた。

それから部屋の電気を消して、彼女のすぐそばに腰を下ろす。

カーテンの隙間から月明かりが漏れていて、多岐川さんの姿はぼんやりとだけ視認できた。

「すみません……泊まってくださいと言ったのに、お布団がなくて……」

「もともと寝るつもりはなかったからいいよ」

「お布団、少し使いますか……?」

僕はまた、苦笑する。ありえない提案をしてしまったと、多岐川さんも理解したのだろう。それから布団の話題が上がることはなかった。

「そういえば、部屋の中すごい片づいてるよね。美大生だから、キャンバスとかいっぱい置いてあるのかと思ってた」

「アパートを汚したら、管理人さんに怒られちゃいますので。絵を描く時は、共同アトリエを使ってるんです」

「共同アトリエ？」

「ここから割と近い場所にあるんですけど、アパートの一室を何人かで折半して借りてるんです。管理人さんが美大生の事情をよく知ってるので、アトリエとして使用できるんですよ」

「へぇ、そんな話、初めて聞いたよ。なんか、かっこいい」

そういうところは、美大の周辺ならではなのかもしれない。

「美大には、どうして入ろうと思ったの？」

「昔から、私には絵しかないなって思ってたんです。夢とかも特になくて、一番やりたいことが絵を描くことだったので。美大に行けば、何かやりたいことが見つかるかもって、そんな安易な考えです」

多岐川さんは安易な考えだと言ったけれど、自分にはこれしかないというものが明確にあって、かつ自分が本当にやりたいことを見つけようとしているなんて、すごい人なんだなと思った。夢を見つけることだって、一つの目標なのだから。

「滝本さんは、何か夢とかないんですか?」

「えっ、僕?」

「はい」

そう訊かれて、僕はしばらく返答に迷った。けれど答えはもう、ずいぶんと前から決められていた。

「いい会社に、就職することかな。公務員とかも、一応目指してるんだけど」

多岐川さんと比べると、笑ってしまうほどつまらない夢だった。そうだというのに、彼女は笑顔で「立派な夢ですね」と言ってくれた。

僕はなんだか照れくさくなって、頬を指でかいた。

「も、もう寝ようか。体調悪化したら、困るだろうし」

「はい。わかりました」

「おやすみ、多岐川さん」

「おやすみなさい、滝本くん」

その言葉を聞いてしばらくすると、薄暗闇の中から彼女の安らかな寝息が聞こえてきた。それを聞いて安堵していると、だんだんと僕の方まで眠くなってくる。寝ちゃダメだと自分に言い聞かせても、それ以降まぶたが上がってはくれなかった。

第二章　二人だけの演奏会

《梓》

彼の寝息が聞こえてきた頃、私はおそるおそる目を開けた。月明かりを頼りに滝本くんを見ると、うつらうつらと舟を漕《こ》いでいる。彼が眠ることを期待して寝たフリをしていた私は、きっとずるい女の子なんだろう。

まだ頭痛はおさまっていなかったが、一度吐いてしまった時点で、完全に酔いは覚めていた。だから滝本くんに泊まってほしいと言ったのは、ただの私のわがままだ。

中学・高校と、あまり男性と触れ合ってこなかった私は、男性と話すと変に萎縮してしまう。けれど滝本くんと話す時だけそんなことはなくて、代わりに変に胸がドキドキして、それがおさまってくれない。初めて感じる、不思議な気持ちだった。

何年も片思いをしている人がいると聞いた時は、胸が張り裂けそうになるほど痛くなった。きっと滝本くんは、今でもその人のことが好きなのだろう。

諦めた方がいいのかなと訊かれた時、私の心は二つに揺れていた。

思いを伝え続ければ、いつか相手もわかってくれる日が来る。だから、諦めたらダメだよ。

滝本くんが傷つき続けるだけだから、もう新しい恋を見つけようよ。そんなことを言ったら、彼は私の方を振り向いてくれたのだろうか。

わかっていた。この複雑な気持ちが恋というものなのだと、ぼんやりとだけれど理解できていた。だから、彼の気持ちを誘導するような真似をすることが、私にはできなかった。結局私は、滝本くんの気持ちを決めてしまうのが怖くて、判断を彼に全て任せてしまった。

明確な夢がないのに美大へ通っている私のことをどう思っているのか、知ってしまうのが怖い。それに私は彼に、一つだけ話していないことがある。もしそれを彼に話してしまったら、嫌われてしまうかもしれない。

けれど、いつかは彼にも知られてしまうのだろう。そんな日が来ることが怖かった。

私は起き上がって、滝本くんの肩に毛布をかぶせてあげる。そして顔を覗き込むと、それだけで心臓の鼓動が速まってしまった。

私は彼の頬に手を添えた。もしかすると、起きてしまうかもしれない。けれど自分の本当の気持ちを、押さえつけておくことなんてできなかった。

そのまま私も目をつぶり、彼の顔に自分の顔を近づける。唇と唇が触れ合った時、優しい気持ちが体中を駆け巡る。

私は彼に、どうしようもないほど恋をしているのだと、深く理解した。

結局私は、あれから一睡もすることができなかった。彼がすぐそばにいることを意識すると、体の中が急に熱くなって、眠気なんてどこか遠くへ吹き飛んでしまうから。

寝不足の体に鞭《むち》を打って、私は布団の中から這《は》い出る。ずり落ちていた毛布を滝本くんにかけ直して、一度だけ彼の頭を撫でた。それにより得られた幸福感で、彼に恋をしているのだと更に強く自覚させられる。

私はそんな感情を隅に追いやるために、シャワーを浴びた。残っていたアルコールが全て体の中から抜けていくようで、朝に浴びるお湯はとても心地よい。それからすぐに昨日の失態を思い出した私は、思わずしゃがみ込んで叫びだしたくなってしまった。ドアに遮られていたとはいえ、滝本くんのすぐそばで嘔吐《おうと》をして、あまつさえシャワーも浴びずに一晩を過ごしてしまったのは、女として恥ずかしいどころの騒ぎではない。いっそのこと、死んでしまいたかった。

いつもよりたっぷりシャワーを浴びて雑念を洗い流し、長い髪の毛を乾かしてから朝食の準備を始める。いろいろ助けてもらったのだから、こればかりはしっかりしなきゃと思い、いつもより無駄に気合を入れてベーコンを焼いていく。

そうやってバカみたいなことにこだわっていると、匂いに誘われて起きてしまったのか、居間のドアがそろそろと開いた。お風呂上がりの私を見た滝本くんは、少しだけ慌てた様子を見せる。女の子扱いをしてくれたことが、ちょっとだけ嬉しかった。

「もう、平気なの？」

「はい。まだちょっと頭が痛いですけど、大丈夫です」

「手伝うよ」

「これもお礼なので、座っていてください」

今の精神状態で滝本くんに近づかれたら、私は昨日のことを思い出して、本当にどうにかなってしまう。きっと、料理どころじゃなくなってしまう。

幸い滝本くんは素直に折れてくれた。ごはんとベーコンとスクランブルエッグ、それからお味噌汁をテーブルの上に並べ、手を合わせてから食べ始める。

私はお味噌汁を口に含んで飲み込んだ後、意を決して滝本くんに頭を下げる。

「本当に、昨日はすみません……私、調子に乗ってお酒を飲みすぎることがあるんです……」

「気にしないで。僕も今、お世話になってるし」

そういう優しさが、さらに私を申し訳ない気持ちにさせてしまう。きっと滝本くんは、よほどのことがないと怒ることはなく、こんな風に許してしまうのだろう。

「一応、今度から一杯までにするとか、自分で決めておきなよ。そばにいたのが僕だったからよかったけど、もし危ない人だったら連れてかれたかもしれないし」

「はい……」

私は滝本くんの言葉に素直に頷いた。今度からは、お酒の飲み方をあらためよう。そう心に誓ったけれど、実際お酒が体の中に入ってしまったら、その決意がどうなるのかはわからなかった。

朝食が終わった後、すぐに洗い物を済ませると、滝本くんは居間で期待しているような表情を浮かべていた。昨日約束したから、私は部屋の隅に置かれているアコースティックギターを手に取る。

「ギターの経験、長いの？」

「大学から始めたので、まだ一年とちょっとです。ほんと、下手ですよ」

まだまだ始めたてで、それに上達するスピードが周りの人よりも遅いから、他のメンバーについていくのがやっとなくらいだ。

それでも滝本くんと約束をしたし、中途半端にやるわけにもいかない。演奏をする前にチューナーを使って、念入りにチューニングした。

それが終わってから、私は一つ深呼吸をする。

「それじゃあ、始めますね」

「うん」

私は速まる心臓の音を耳の奥で聴きながら、左手で弦を押さえて右手のピックを振り下ろした。何度も弦をかき鳴らし、その曲を表現する。押さえが甘いせいで音がズレることもあるが、いちいち滝本くんの反応を気にしている余裕なんてなかった。私は、一つの物事にしか集中できないし、少しでも意識をそちらに向ければ途端に音楽が乱れ出す。

だから最後まで気を抜かずに、その歌を歌う。

『ベッド・シッティング・ルーム』

大切な人と別れてしまった女の子。今でも彼のことを忘れられない辛さを、歌詞に乗せて歌い続ける。

途中、歌詞の物悲しさに思わず涙が出てきそうになったが、私は慌てて堪えた。弾きながら涙を流せば、きっと滝本くんは心配してしまう。だから、最後まで涙を見せずに弾ききった。

やがて一つの曲を弾ききり、ピックを持った手を下ろす。けれど私はふと思い立ち、もう一度弦を鳴らし始める。

滝本くんに、笑顔になってほしい。いつか失恋を乗り越えて立ち直ってほしいから、私はある曲を彼にプレゼントした。それは、大切な彼女と別れてしまったことを嘆く失恋ソング。作詞は先ほど弾いた曲と別の人だが、偶然にもその歌詞の意味はどこか似ている。

今の彼に必要な曲だと思ったから、私はその言葉を声に乗せた。

大切な人が決めたこと。だから、さよならを――この別れを、好きになれるのかもしれない。

私には、この歌の登場人物の気持ちは、イマイチ理解できなかったけれど、きっと男の子である滝本くんには、何かしら感じるものがあるはずだ。そう思い二曲目も弾き終え、私は彼のことを自信なさげに見つめる。

その視線に気づいたのであろう滝本くんは、拍手を送ってくれた。

「すごい。とっても上手で、思わず聴き入ってた」

「そんな、そんなことないです……」

音楽も、絵画も同じだ。滝本くんは油画もギターもあまり触れたことがなかったから、初めて見たものを基準にして上手いと思ってしまうのだろう。実際、私は絵を描いてもギターを弾いても凡人で、非凡さはどこにもない。

それでも滝本くんに褒められたことが嬉しくて、私は小さく頭をかいた。

「でも、どうして二曲とも失恋ソングにしたの？」

「えっと、滝本くんが少しでも元気になるため、ですかね。こんなことでしか、あなたを励ますことができませんから。少しでも前向きになってほしいなって思って……」

そう言って、私はちょっと恥ずかしくなった。歌をプレゼントするなんて、よく考えれば前時代的すぎる。とんでもないことをしてしまったんじゃないかと思って、けれど今更止めたり戻ったりすることができないと悟った私は、それをごまかすように続けてしまう。

「あ、でも、失恋ソングより、明るい曲の方がよかったかもしれません！　アンコール！　明るい曲弾きます！」

それから私は、注文されてもいないのに、明るいポップな曲を歌い始める。そもそも聴いたこともない曲では滝本くんも盛り上がれないなと考えた私は、昨年流行《はや》ったドラマの主題歌をチョイスした。

その選択は間違っていなかったようで、滝本くんは私の歌声に合わせて手拍子を入れてくれる。まるで二人で一つの曲を演奏しているかのように感じて、私の右手がいつもより踊っていた。

休みの日が、ずっと続けばいいのに。そんな子供みたいな気持ちを抱き始めた頃、私の持ち歌は全てなくなってしまった。

気づけばお昼時になっていて、空腹感を覚え始める。そんな時に、部屋の中にインターホンの音が鳴り響いた。私と滝本くんはその音にびくりとして、思わず玄関の方を見る。

「えっ、誰？」

「たぶん、渚ちゃんだと思います……隣の部屋に住んでるので……」

私は、焦っていた。もしかするとギターの音がうるさくて、こっちに苦情を言いに来たのかもしれない。今までアコースティックギターで演奏していても、何も言われることがなかった。だから聞こえていないのだと、勝手に安心していた。

今回は滝本くんとの演奏が楽しくて、いつもより調子に乗って大声で歌っていたのかもしれない。もし二人でいることがバレたら、渚ちゃんは誤解してしまう。

彼にはまだ、好きな人がいるのだ。私と付き合ってるという噂《うわさ》が、万が一にも周りに漏れてしまったら、滝本くんに迷惑がかかる。それだけは、なんとしてでも阻止しなければならない。

けれどもう一度インターホンを押され、半分パニックになった私は、部屋の隅に置かれていた毛布を引っ掴んで、滝本くんの頭に放り投げた。

「えっ、多岐川さん!?」

「とりあえず、そのままジッとしててください！　すぐに帰らせますので！」

何かいろいろと、大学生の男の子にしたらダメなことをやらかしてしまった気もしたが、あまり深く考えている余裕もなかった。私は部屋に滝本くんを置いて、玄関へと向かう。そしてドアの鍵を開けようとした時に、彼の靴が置いてあることに気づいた。それをとりあえずトイレの方に置いて、ドアを開ける。

そこにいたのは、やっぱり私服姿の渚ちゃんだった。

「ご、ごめん。渚ちゃん、ずっとうるさくて……」

「ギター弾いてたんですか？　全然聴こえなかったですよ」

その渚ちゃんの言葉に私は心底安心して、床にへたり込みそうになる。けれど、聴こえていなかったとしたら、どうしてここにきたのだろう。

その理由を、渚ちゃんは説明してくれた。

「それより、滝本さんとごはんに行って、どうでしたか？」

「えっ？　いや、その……」

「滝本さんのことが気になってるって、言ってたじゃないですか。自分の気持ち、わかりました？」

私は昨日渚ちゃんに、滝本くんのことが気になっていると事前に相談している。そして、彼は何かあったらしく落ち込んでいると説明したら、一緒にお酒を飲んで慰めてあげればいいと言われた。結局、私は一人で勝手に潰れてしまったから、慰めることはできなかったけれど……。

私は思わず、居間のある背後に意識を集中させる。もしかすると、滝本くんに今の渚ちゃんの発言が聞こえてしまっていたかもしれない。それは、かなりマズイ……私の気持ちは、隠し通しておかなければいけないのだ。もし滝本くんにバレたとしたら、もう今まで通りの関係じゃいられなくなる。

煮え切らない私の態度に何か勘違いをしたのか、渚ちゃんは少し期待した表情を見せる。

「もしかして、もう告白しました？」

「告白はまだ……」

「まだっていうことは、これからするんですか？」

「いや、それは……」

もし叶うのなら、滝本くんにこの気持ちを伝えたい。だけどいろいろな事情があって、それはできない。バイト先も同じだから、もしフラれてしまったら気まずくなる。

「きっと梓さんが告白すれば、滝本さんは受け止めてくれますよ。梓さん、すごく魅力的なので」

「そ、そうかな……」

「そうですよ。だって、岡村さんも梓さんのこと好きなんですから。あっ、これ言ったらダメなやつでした……忘れてください」

何かサラッととんでもないことを言ったようにも思えたが、私は背後に意識を集中させていて、それどころではなかった。

そんな私に、渚ちゃんは訝《いぶか》しげな視線を向けてくる。

「梓さん、何か隠してますか？」

「えっ⁉　いや、何も……」

「もしかして、滝本さんと何かありました？」

「う、ううん。滝本くんと、何もなかったよ」

そう言ってすぐに、私は自分の失言に気づいた。それに気づかないほど、渚ちゃんはぼんやりしている子ではない。

「くん？　梓さん、今滝本くんって言いました？」

「いや、気のせいだと思うけど……」

真正面から渚ちゃんに見つめられた私は、思わず視線を外してしまう。嘘をつくのは、とても苦手なのだ。

その嘘はバレてしまっただろうけれど、それ以上先のことは追及しないでくれた。私はホッと、安堵する。

「もしかして、滝本さんに好きな人がいるんですか？」

核心をつかれた私は、思わず黙り込む。これ以上嘘はつきたくないし、けれどそんな大事なことを軽々しく話したくもなかったから、首を縦にも横にも振ることはできなかった。

そんな私の心中を察してくれたのか、渚ちゃんは一つため息をついただけで、何も言わなかったことを許してくれた。

「まあなんにせよ、私は応援してますよ。あの梓さんが、男の人に好意を持ってるんですから」

「うん、ありがと……」

「それじゃあ、お邪魔しました」

そう言うと、渚ちゃんは隣の部屋へ帰って行く。それを見届けると、急に強い脱力感が私を襲ってきたが、へたり込みそうな体に鞭を打って居間へと戻った。

さすがに女の子が使っていた毛布をかぶっていられなかったのか、滝本くんは部屋の中で普通に座っていた。今の会話が彼に聞こえてしまっていたのか、私にはわからない。

「何の、話だったの?」

そう滝本くんに訊ねられて、私は咄嗟に嘘をついた。

「あ、うん……ギター、うるさかったって」

本当はギターの音なんて、渚ちゃんに聞こえていなかった。けれど本当のことを話してしまえば、今まで通りの関係じゃいられなくなる。そうなってしまうのが、私は怖かった。だからといって、彼に嘘をついていい理由にはならないのに。

それから滝本くんは、すぐに帰る支度を始めた。

「ごめん、もうお昼だし、シャワーも入りたいからアパートに帰るよ」

私はその言葉に、ただ、頷くことしかできなかった。

なんとなくお互いに気まずい空気が流れていて、滝本くんが玄関を出るまで私たちは何も話さなかった。このまま彼を帰してしまったら、ずっとこんな空気が続くと思って焦ってしまった私は、簡潔に今一番伝えたいことだけを頭の中でまとめあげた。

「また、ギターの演奏聴いてください。滝本くんと演奏するの、とっても楽しかったです」

そんな私の言葉を聞いた滝本くんは、最後にぎこちなく微笑んでくれた。


けれどそれから数日の間、私たちの間には気まずい空気が流れ続けていた。滝本くんのアルバイト研修が終わった後、シフトがかぶることがあっても、以前のように笑顔で会話をすることは少なくなった。

お互いにどこかよそよそしく、それでも会話ができるだけマシだったが、私たちの間を見えない壁が隔てているようだった。

気づけば月日は流れていて、七月も後半に差し掛かっていた。本格的な夏が始まり、道を歩けば蝉《せみ》の鳴き声がそこかしこから聞こえてくる。

七月後半には、再び合評会がある。そのための課題制作に私は追われていて、この時期はまともにアルバイトに入ることができない。滝本くんと会えない日々が続くと、もうずっとこのままなんじゃないかと後ろ向きな気持ちになってしまう。

どうすれば以前のような関係に戻れるのか、わからなかった。私だけじゃなくて、滝本くんの方もこちらのことを避けているように感じるから。だとするなら、滝本くんはあの時の会話を全て聞いていたのだろうか。もし聞かれていたなら、いつも通りの関係に戻るのは不可能だ。彼には、好きな人がいるのだから。

そんな風に一人で落ち込んで、今日も重い体を動かして大学に行く支度をしていると、部屋の中にインターホンの音が鳴り響いた。

私の部屋に来る人は、それほど多くない。大抵は隣の部屋に住んでいる渚ちゃんだが、私はちょっとだけ彼が来てくれたんじゃないかと期待してしまった。今会ったとしても、まともに会話できるかもわからないのに。

矛盾した気持ちを抱えて玄関へ向かいドアを開けると、そこにいたのは滝本くんではなく渚ちゃんだった。私は安心したのか、それともがっかりしたのかわからない息を吐いてしまう。

「今から大学行くんですよね？」

「うん、そうだけど」

「じゃあ、手短に済ませます」

そう言って渚ちゃんがミニバッグの中から取り出したのは、一枚のチケットだった。

以前渚ちゃんは、私の課題制作の息抜きのために、夏フェスに行こうと誘ってくれた。お互いの好きなバンドが出演するから、休みの日を楽しみにしていたのに。

　それなのに、渚ちゃんは押しつけるように自分のチケットを私の手に握らせた。

「やっぱり私はいいので、滝本さんと行ってください」

「……えっ？」

「最近、上手くいってないんですよね。見てたらなんとなくわかります。二人で夏フェスに行って、距離を縮めてきてください」

　私はしばらくの間ぽかんと口を開けたまま固まって、それからすぐに冷静になった。

「そんな、申し訳ないよ。一緒に行こうって約束してたのに」

「それじゃあ、梓さんは今のままでいいんですか？」

　本当にそれでいいのかと、渚ちゃんは私のことを見つめてくる。そんなの、わかりきっていた。このままでいいはずがない。滝本くんと、ちゃんと話をしたい。

「私のことは気にしなくてもいいです。でもその代わり、今度、土産話と一緒にパフェを奢ってください。それで手打ちにします」

　その渚ちゃんの優しさに、私の目頭は熱くなる。夏フェスでは、彼女の好きなバンドが演奏するというのに。それを他の誰よりも、楽しみにしていたはずなのに。

「ありがと、渚ちゃん……」

お礼の言葉を言うと、なぜか渚ちゃんは目を細めて、呆れたような視線を送ってきた。

「梓さんが中学生みたいな恋愛してるからです。もっと大人の恋愛してください」

「あう……」

「応援してますよ。頑張ってくださいね」

そう言い残して、渚ちゃんは自分の通っている私立の大学へと向かった。私は渡されたチケットを大切に保管して、すぐにシフト表を確認する。幸いなことに、近いうちに滝本くんとシフトがかぶっていて、私は少し嬉しい気持ちになる。

上手く渡せるのだろうかと考えて、渡さなきゃいけないんだと思い直す。不自然でも、おかしくても、このチケットは渡さなきゃいけない。それ以外に、方法がない。

私は小さな決意を固めて、彼とシフトの合う日を指折り数えながら待ち続けた。

第三章　二人で刻む道

《悠》

なし崩し的に多岐川さんの部屋に泊まったあの日、僕は居間で多岐川さんと荒井さんの会話を聞いていた。決して盗み聞きをしていたわけではないが、部屋のドアが少しだけ開いていたため、はっきりと聞こえてしまっていたのだ。

『滝本さんのことが気になってるって、言ってたじゃないですか。自分の気持ち、わかりました？』

その荒井さんの言葉の意味が、僕は一瞬理解できなかった。けれどその言葉の意味をだんだんと理解してきた頃、僕の顔は今までにないほど熱くなって、血液を送り出す心臓の鼓動が一気に速まった。

僕は耳を塞ぐことができなくて、二人の会話が聞こえてくるたびに、申し訳ない気持ちでいっぱいになる。本当は全部聞こえていたのに、高校時代のことを思い出した僕は、彼女に対して『何の、話だったの？』と嘘をついてしまった。

多岐川さんも嘘をついたけれど、それは仕方のないことだ。荒井さんの言った『気になる』が言葉通りの意味だとするならば、僕に聞かれるわけにはいかない。

僕も、そして多岐川さんも、それがわかっていたのだろう。それから僕は、帰る支度を整えて、逃げるように多岐川さんの部屋から出て行った。

七月も後半に差し掛かり、多岐川さんは再び合評会の作品制作で忙しい時期となった。そんな時期になっても二人の距離は開いたままで、僕にはどうすることもできなかった。

大学で心理統計学の前期期末試験を受けた後、僕は食堂でカツカレーを食べる。頭の中は多岐川さんのことで埋め尽くされていて、正直テスト中も集中できていたかと言われれば、できていない。テスト前の復習も、いつものように上手くはできなかった。

高校生の頃も、水無月に対する思いが肥大していた時、今みたいに勉強が手につかなくて、ずっと悶々《もんもん》としていたのを覚えている。牧野に告白をされて断ってから、僕はすぐに水無月に告白した。告白を断ったのに、好きな相手に気持ちを伝えないのは失礼だと思ったから。結果的に水無月にフラれてしまい、それから今みたいなギスギスした関係が続いた。僕は、まるっきり成長していない。

どうすれば、以前のような関係に戻れるのかわからない。僕だけじゃなく、多岐川さんもこちらのことを意識的に避けてしまっているから。だとするならば、あの時荒井さんが言っていた、気になるという言葉や、僕に好意を持っているという言葉は、その通りの意味を示しているのだろうか。

正直、多岐川さんみたいな人に、好意を持たれて嬉しくないわけがない。僕の方こそ、多岐川さんに好意を持っているんだから。けれど今は、水無月にフラれてしまった後だ。ずっと水無月のことが好きだったのに、フラれてしまってすぐに多岐川さんのことを好きになるなんて、そんなことは許されるのか。

大学で全てのテストが終わった後、僕は曇り空の下、車を走らせアルバイト先へ向かう。今日は偶然にも、僕と多岐川さんのシフトがかぶっている。このままずっと、今までのようなぎこちない関係でいたくはないから、せめてすれ違った時の挨拶だけは、自然な笑顔を浮かべられるようにしようと思った。

そう考えて、関係者用の裏口から入り更衣室へ向かったけれど、その間に多岐川さんとはすれ違わなかった。一気に気が抜けて、更衣室の中へ入ると、そこではすでにバイト用の服に着替えた岡村さんがいる。

どこかこわばったような緊張した表情を浮かべていて、そんな彼に僕は「おはようございます」と挨拶する。岡村さんは遅れて気がついたのか、「あ、あぁ。おはよ」と返した。

僕が「どうしたんですか？」と訊ねると、岡村さんは一度固く拳《こぶし》を握りしめる。彼の瞳は覚悟の色で染まっていた。

「今日、バイトが終わったら多岐川ちゃんに告白しようと思う」

その宣言を聞いた瞬間、僕の胸が張り裂けてしまいそうなほどの苦しさを覚える。

岡村さんが、多岐川さんに告白をする。彼はずっと多岐川さんに好意を寄せていたから、いつかそう決断するとわかっていたはずなのに。どうしてこんなにも動揺してしまっているのかわからなかった。

先輩の気持ちを知っている後輩として、僕は「そうですか、応援してます」と、本心かどうかもわからない応援の言葉をかける。岡村さんの張り詰めていた表情は、少しだけ緩んだ気がした。

その後岡村さんが更衣室を出た後、遅れて僕も仕事場に向かおうとする。更衣室を出た瞬間、隣の女子更衣室のドアが偶然にも開いた。僕はびっくりしてそちらを見る。

そこにいたのは、驚いた表情を浮かべた多岐川さんだった。

挨拶ぐらいは笑顔でしようと考えていたのに、先ほどの会話が尾を引いて、上手く笑うことができなかった。

「お、おはよ、多岐川さん」

「あ、はい。お、おはようございます、滝本くん」

挨拶だけ交わすと、多岐川さんにサッと視線を外される。

いつもの多岐川さんなら視線をそらした後、逃げるように僕のそばから離れていくけれど、今日は違った。どうしてか仕事場へ行かず、その場に立ち止まっている。何か、話したいことがあるのだろうか。

そんなことを考え僕も立ち止まっていると、多岐川さんは意を決したように、僕のことをまっすぐに見つめてきた。

「今日の帰り、渡したいものがあるので、先に帰ったりしないでください」

「えっ？」

「絶対、帰らないでください！」

「う、うん」

頷くと、今度こそ多岐川さんは逃げるように僕の前から去って行った。先に帰らないでくださいと言われたが、閉店作業をしてスーパーから出るまでが仕事のようなものだから、先に帰ることなんてできない。もしかすると緊張していて、彼女は混乱していたのかもしれない。慌てていた多岐川さんの姿を思い出して、僕はなんだか微笑ましくなり、くすりと笑ってしまった。

今日のスーパーは客足が少なく、それほど忙しくはない。そのためレジの稼働台数を減らすことになり、僕と荒井さんが裏の仕事に回ることになった。

裏の仕事というのは、青果の部署でレタスやにんじんを袋詰めするというもので、これまでに何度かやったことがあったため、手際よく仕事をこなしていた。

袋の中へにんじんを詰めている時、荒井さんは唐突に質問を投げかけてくる。

「何か悩み事？」

「えっ？」

「そんな顔してる」

僕はそんなにも辛気くさい顔をしていたのかと、少し恥ずかしくなった。

「話してみてよ。少しぐらい相談に乗れるかもよ」

正直、あまり周りの人にこういう話を吹聴するのはよくない。だから僕は、内容をぼかしつつ荒井さんに説明した。

「友達の話なんですけど、ずっと何年も片思いしてた相手にフラれて傷心してたのに、すぐに別の女の子を好きになるって、どうなのかなと思いまして」

「その友達は、まだ片思いしてた相手のことが忘れられないの？」

「忘れられないというか、忘れる努力をしてるっていうか……」

告白を断られてから、僕はしばらく悩み続けた。きっと僕がどれだけ水無月のことを思っていても、牧野が僕のことを好きでいてくれる限り、僕のことを好きにはなってはくれない。逆に牧野に恋人ができたとしても、水無月がこちらを振り向いてくれるかはわからないのだ。

それならば、すっぱりこの気持ちにけじめをつけた方がいいんじゃないかと、そんなことを考え始めていた。

「その友達はさ、深く考えすぎなんじゃない？」

「どういう意味ですか？」

「どれだけ長い間片思いしてたのかは知らないけど、そんなこと言ってたら、いつまで経っても新しい恋愛なんてできないし」

「たしかに、そうですけど……」

僕が言い淀《よど》むと、荒井さんは至って真面目な顔でさらに続けた。

「それに、本当にその人のことが好きなら、この先どんなタイミングで出会っても、好きになってたはずだと思う。それがたまたま、片思いしてた相手にフラれたタイミングだっただけじゃない？」

その言葉を聞いて、僕は悩む。多岐川さんとの出会いが、たとえば高校生の頃だったとしたら。しかしそんなことを思い浮かべても、わかるはずがない。

「荒井さんは、人を好きになるタイミングって、どんな時だと思いますか？」

僕の抽象的な質問を、彼女は深く考えることをせずに答えた。

「そんなの、休みの日も一緒にいたいって思う人に決まってるって」

「それは、どうしてですか？」

「たとえば結婚したとしたら、休みの日も一緒にいることになるでしょ？　そんな時、一緒にいて楽しくない相手だったら、やってけるわけないじゃん」

その通りだと、僕は彼女の言葉に納得していた。休みの日も一緒にいたい女の子。果たして僕は多岐川さんと、休みの日も一緒にいたいのだろうか。

そんなことをふと考えて、彼女の演奏が終わった時のことを思い出した。あんなにも長い間演奏をしてくれたのに、終わってしまった時は名残惜しいと思ってしまった。休みの日が、ずっと続けばいいのに。僕は、多岐川さんと休みの日も一緒にいたいと思っているのだろうか。

「それで、単刀直入に訊くけど、その好きになった女の子って梓さんのこと？」

「はい!?」

僕らしくもなく、思わず大声が出てしまった。どうして今そんなことを質問してくるのか、意味がわからなかった。

「回りくどい話は嫌いなの。今までの話、全部滝本さんの話だよね？」

「まあ、そうですけど……」

「じゃあ、梓さんのこと好きになったの？」

「普通に友達として好きです……」

そんな当たり障りのない答えを返すと、荒井さんは呆れたようにため息をついた。

「異性として好きかってこと。そこのところ、どうなの？」

「……そんなこと、突然訊かれても困ります」

「じゃあ訊き方変える。梓さんの気持ち、滝本さんは理解してる？」

多岐川さんの気持ちと言われても、いったい何のことを指しているのかがわからない。けれどおそらく、この前荒井さんと多岐川さんが話していた時のことを言っているのだろうことはわかった。

多岐川さんは、僕のことを意識してくれている。そんな答えを返すこともできたけれど、間違えていたら自惚《うぬぼ》れどころの騒ぎじゃないため、僕は口をつぐむことしかできなかった。

そんな煮え切らない僕に、再び荒井さんは大きなため息をついた。

「梓さん、ぶっちゃけると、あなたのこと好きだよ」

「えっ」

思わず口をついて出たのは、そんな間抜けな声だった。意識してくれているのかも、とまでしか考えていなかったため、僕の顔は焼けたように熱くなってしまう。

「マジですか……」

「大真面目だよ。すごく、あなたとのこと相談されるから。この前だって、突然私の部屋に来たかと思えば、落ち込んでる滝本さんを励ますにはどうしたらいい？　って相談されたし」

焼き鳥屋に行った時のことを話しているのだろう。あの時、多岐川さんは事前に荒井さんに相談していたようだ。

「あと最近は、なんだかお互いに気まずくなって、滝本さんに話しかけづらくなったって。何二人で中学生みたいな恋愛してんの。梓さん、今何歳だと思ってんのよ」

「いや、待ってください。そもそも多岐川さんが僕のことを好きって……そんなのありえないですよ。僕みたいなやつ、あんな綺麗な方が本気で好きになるわけないじゃないですか」

「滝本さんって、梓さんが女子校通ってたの知ってるよね？　あの人、めっちゃ男性経験乏しいの。少し優しくされただけで、女の子を好きになっちゃうちょろい男みたいな。梓さんは、それの女性版」

「いやいや、でも岡村さんのことは苦手だって言ってましたよ。何で僕だけ、そんな都合よく……」

「滝本さん、男っぽくないから」

人生で二回もそんな評価を下されて、僕は本気で落ち込んだ。そんな僕の気持ちを露ほども理解していないのか、荒井さんは続ける。

「梓さんから言われたよ。見ず知らずの私が困ってるところを助けてくれたって。すごく、優しい人なんだよって。あなたが初恋だから、燃え上がるのも早いのよ」

「初恋って……」

荒井さんの言葉が、にわかには信じられなかった。しかし多岐川さん自身、男性に免疫がないと言っていたのに、僕にはこの前まで仲よくしてくれていた。本当に荒井さんの言う通り、多岐川さんは僕のことを好きなのだろうか。

「まあ私が言いたいのは、梓さんのことが好きなら、滝本さんの方から告白してあげてってこと。あの人、好きってことを自覚したらまともに話せなくなるほどウブみたいだから。もし梓さんのことが迷惑なら、かわいそうだからさっさと距離を置いてあげて」

「迷惑なんて、そんなことあるわけないです」

その言葉だけは、ハッキリと口にすることができた。多岐川さんのことが迷惑だったことなんて、今まで一度もない。アパートで休みの日を一緒に過ごした時、僕は本当に楽しいと思ったのだから。

荒井さんは話しながらも手は動かしていたため、自分の作業分は終わってしまったようだ。カゴの中には袋詰めされたにんじんがギッシリ詰まっていて、それを冷蔵庫の中へ運び入れている。

それが終わると、彼女は「それじゃあレジに戻るから。いろいろ頑張ってね」と言い残して去って行った。

ずっとぎこちない僕たちを見ていて、それを見かねてしまいお節介を焼いたのだろう。僕と多岐川さんは本当に中学生みたいなやり取りをしていて、なんだか恥ずかしかった。

僕はもう、自分の気持ちの方向性を決めなきゃいけない。水無月への思いをどうするのか。多岐川さんへ、どんな気持ちを抱いているのか。

岡村さんが多岐川さんに告白すると言った時、酷く心がざわついた。これが恋なのかはわからないけれど、少なくとも彼女が他の誰かと付き合うことになるのが、僕は嫌なのだと思う。

だけど何もできないまま時間だけは過ぎていき、やがてスーパーの閉店時間がやってくる。売り上げを書き終わり、更衣室へ着替えに向かう最中、多岐川さんは岡村さんに呼び止められていた。そのまま、やや僕らから離れ、何かを二人で話している。僕はそれを物陰からジッと見つめて、多岐川さんが首を横に振ったのを見て、なぜか心の底から安心していた。

外は滝のような雨が降っていた。そういえば近々台風が来るという予報があったけれど、普段から車で学校へ通っているため、今日がその日ということまでは覚えていなかった。

岡村さんは肩を落としながら傘もささずに帰って行き、荒井さんは折りたたみ傘を広げている。この雨じゃ、折りたたみ傘は何の意味もないだろう。

「待って荒井さん、車あるし送ってくよ。多岐川さんも」

そのお誘いに、荒井さんは顔をしかめる。何で私も誘ったんだよという風に、呆れた視線を向けられた。しかしすぐに多岐川さんが僕の言葉に乗ってくれる。

「は、はい。申し訳ないですけど、お願いしてもいいですか？」

多岐川さんがそう言うならと、荒井さんはまた、ため息をついて折りたたみ傘を閉じてくれた。それから二人を後部座席に乗せて、車を走らせる。響くのはエンジン音と、雨が車の屋根を叩く音だけで、誰も何も話そうとしない。

程なくして二人の住んでいるアパートに着き、車を停車させる。荒井さんはすぐ「送ってくれて、ありがと」とお礼を言って、右側のドアから出て行く。

待っててくださいと言われた僕は、多岐川さんの意思が固まるのをジッと待ち続けた。そして車のアナログ時計が五分ほど進んだ頃、ようやくか細い声で、彼女は話し始めた。

「あの、最近変な態度取っちゃって、すみません……」

「僕の方こそ、なんかごめん……」

謝るようなことじゃないと思ったけれど、多岐川さんが謝ったから僕も謝罪する。

再び長い沈黙の後、またゆっくりと口を開いた。

「次の休みの日に、音楽フェスがあるんですけど、友達が行けなくなったので、一枚チケットが余ってるんです……」

休みの日と言われて、僕はすぐに次の土日の予定を頭の中で確認していた。しかしどちらも日中に、スーパーのバイトの予定が入っている。

「それで、土曜日は私の予定が入ってるので、日曜日に一緒に行けたらと思ってるんですけど……」

「行くよ」

二つ返事で僕は了承した。日曜日は、なんとしても誰か別の人にシフトを代わってもらおう。迷惑がかかるかもしれないけれど、多岐川さんと一緒に出かけたかった。

後部座席に座っているため、多岐川さんの表情は窺い知れない。だけどホッとしているのであろうことは、車内の空気で感じ取ることができた。張り詰めていた雰囲気が、先ほどよりも和らいでいる。

「じゃ、じゃあこれ、当日のチケットなので……！　し、失礼しました！」

多岐川さんは半ば押しつけるように、僕にチケットを渡してくれた。それから慌てて車を出ていつものように僕のそばから離れていくけれど、今回はこれまでとは違う。

今度会う約束もしたし、雨に当たらない場所に避難してから、こちらを振り返り頭を下げてくれた。僕は彼女に手を振って、部屋に入ったのを確認してから車を走らせる。

自分の部屋に着いて、まずは荒井さんにバイトを交代できないかメールで相談した。どこまで彼女が協力してくれていたのかわからないが、二つ返事で交代を引き受けてくれる。電話を切る前に「頑張ってね」と、応援の言葉をかけてくれた。

スマホをズボンのポケットにしまい、僕は思う。きっと僕は、多岐川さんのことが好きなのだろう。それを一度認めてしまうと、自分の絡まっていた複雑な気持ちが一気に軽くなった。

そして、タイミングよく震えだす僕のスマホ。再びそれを取り出して画面を見ると、水無月からの着信だった。僕はすぐに、応答のボタンをタップする。

「もしもし」

『もしもし、先輩』

フラれてしまってから、一度も聞いていなかった水無月の声。たった二ヶ月ほどだというのに、ずいぶんと彼女の声が懐かしく聞こえた。

『今、梓さんから電話で聞きました。今度、一緒に遊びに行くみたいですね』

「もうその話聞いたんだ」

『はい。というより、前から梓さんに相談されてたんですよ。滝本さんのことが気になってるって』

　まさか荒井さんだけでなく、水無月にまで相談していたなんて。多岐川さんはもしかすると、僕よりもずっとおしゃべりなのかもしれない。

『先輩は、もう梓さんの気持ちに気づいていますか？』

「うん、まあ。多岐川さんの友達に聞いて、初めて知った感じだけど……」

　直接荒井さんから、多岐川さんが僕のことを好きだという話を聞かなければ、ずっと半信半疑だった。正直今でも信じられないけれど、多岐川さんのさっきの反応を見ていればさすがに理解できるし、そもそも荒井さんが嘘をつくメリットがない。

『たぶん先輩も、梓さんのことが好きなんですよね』

　見透かされていたことに僕は驚いて、しばらくの間言葉を失ってしまう。

「どうして、わかったの？」

『初めから、そんな予感がしてたんです。きっと先輩は、梓さんのことが好きになるって』

　答えになっていないような気もしたが、水無月がそう言うなら、本当に最初からわかっていたのかもしれない。

『それで先輩のことだから、きっと迷っているはずです。ずっと水無月のことが好きだったのに、そんな簡単に多岐川さんのことを好きになっていいのかなって』

「……すごいな。そんなことまでわかるんだね」

『先輩は、優しい人ですから』

水無月が小さく微笑んだのが伝わってくる。逆に僕は、そんなにわかりやすい人間なのだろうかと、少しだけ恥ずかしくなった。

それから水無月は間を置いた後、諭すように僕に言った。

『私のことは気にせずに、梓さんを幸せにしてあげてください』

僕の大好きな君は、そんな風に僕のことを後押ししてくれる。

「牧野のことは、応援しないの？」

少し、意地悪な質問だったかもしれないと反省する。けれど水無月は迷ったりしなかった。

『今は、先輩の気持ちを大切にしたいんです。先輩が梓さんのことを好きなら、私は遥香と一緒に泣いてあげます。そう決めちゃいました』

友達のためなら、一緒に悲しんであげる。そういう水無月の優しいところを、僕は好きになった。いつまで経ってもその素敵なところが変わっていないことに、僕はやっぱり安心する。

『だからもう、私のことは……』

続く言葉を、僕は予想できていた。だから、彼女の言葉を遮る。

「忘れないよ」

ハッキリとそう言い切って、僕は続けた。

「僕は、水無月が好きだったことを、絶対に忘れたりなんてしない。今だって、友達思いな水無月のことが好きだから。水無月のことが好きだったことを、否定なんてしたくない」

これから先、僕は絶対に水無月のことを嫌いになんてなれないだろう。フラれてしまったから忘れてしまおうなんて、そんなことは考えたくない。嫌いになんて、なりたくない。

「だから、忘れたりなんてしない」

おそらく僕はこれから先ずっと、この初恋の思い出を引きずって生きて行く。けれど、それでもいいと思えた。多岐川さんが教えてくれたから。

きっといつか、水無月のさようならを好きになれる時が来るはずだから。

「だけど今は、多岐川さんのことが好きなんだ。告白したのに、すぐに別の人を好きになっちゃって、ごめん」

水無月の、すんと鼻をすする音が聞こえてくる。僕は、何かマズイことを言ったかと不安に思った。

『……先輩なら、わかりますよね。私は、私の大切な人に幸せになってほしいんです。

だから、謝ったりしないでください』

「ごめん」

くすりと水無月は笑った。つい反射的に謝ってしまった僕は、思わず頬をかく。そして水無月の大切な人の中に僕も含まれていたのだということに気づいて、心の中があたたかいもので満たされた。

『昔から、先輩は謝ってばかりでしたね』

「そ、そうだった？」

『はい。先輩は気が弱いですから。何回も、謝られたのを覚えてます。私は一つも悲しんでませんので、もう謝ったりしないでください。先輩は謝罪禁止です』

また反射的に謝ってしまいそうになり、思わずその言葉を飲み込む。それを水無月が察したのか、またくすりと小さな笑い声を立てた。

『幸せに、なってくださいね』

「まだ、多岐川さんが告白を受けてくれるかわからないけど。あの、勘違いかもしれないし……」

『何で今更弱気になってるんですか！』

彼女の叱咤《しった》に僕はびくりと震える。それからおかしくなったのか、水無月は声を出しながら笑った。僕も思わず口元が緩み、二人でひとしきり笑った後、彼女は『そういえば』と、前置きをして話し始めた。

『先輩に、黙ってた話があるんです』

「黙ってた話？」

『はい』

突然そう言われて内容を予測するも、何も思い浮かびはしなかった。

『梓さんのことです。実は初めて会った時から言おうと思ってたんですけど、なかなかタイミングが合わなくて。聞きたいですか？』

なぜだか水無月は、もったいをつけるように訊いてくる。多岐川さんの話は聞きたいに決まっているから、僕は素直に「うん」と返事をした。

そして僕は知ることになる。多岐川さんの秘密を。

『梓さん、美大へ入るのに二浪してるんです。だから二つ年上なので、先輩は敬語を使った方がいいかもしれませんよ』

何も知らなかった僕は、しばしの間言葉を失ってしまった。

そもそも同じ大学の二回生だったとしても、同い年であるとは限らない。そんな当たり前の事実を、僕はかけらほども疑ってはいなかった。

水無月と再会した時、彼女はなぜか僕に対して首をかしげていた。振り返ってみれば、年上であるはずの多岐川さんに敬語を使っていなかったから、疑問に思っていたのだろう。

焼き鳥屋でも、僕は勝手に多岐川さんのことを未成年だと思い込んでいた。意味深にクスクスと笑っていたのは、僕が同い年であると勘違いしていることを知ったからだ。勝手にそう思い込んで、余計な心配をしたことが今更ながらに恥ずかしくなってきた。

アルバイト先だけでなく、普段から敬語を使っておくべきだった。本来なら僕が敬語を使って、多岐川さんは使わなくてもいいはずなのに。もしかすると、ずっと失礼な人だと思われていたのかもしれない。

電話ですぐに謝ることもできた。けれど今は合評会に向けての作品制作で忙しいだろうから、多岐川さんの手を止めてしまうことがはばかられる。いや、怖いのだろう。彼女が本当はどう感じていたのか、それを知ってしまうのが怖い。

だから僕は、フェスに出かける日の朝になっても、多岐川さんに電話をかけることができなかった。

フェスの会場まで距離があるが、車で行くよりも公共交通機関を使った方がいいと思い、早朝に多岐川さんのアパート前に集合することを決めていた。三十分ほど早く到着すると、もうすでに彼女は外に出て僕のことを待ってくれていた。

今日は長い髪がハーフアップにまとめられていて、涼しげな白色のTシャツにジーンズ、スニーカーという活動的な装いだ。フェスというものに行ったことがなかったが、おそらく彼女の服装から見て、動き回ることになるのだろう。

「おはよ……ございます、多岐川さん」

挨拶の途中で、多岐川さんが年上であることを思い出し、思わず変な敬語になってしまった。彼女は僕のことに気づき、ピクリと肩を震わせてこちらを見る。

「あ、おはようございます。滝本くん……」

今日の彼女は、どことなく元気がなさそうだった。というより、緊張しているのだろう。頬がほんのりと赤く染まっていて、長い髪の毛を指先でくるくるといじっている。視線は合わせてくれなかった。

多岐川さんは、僕に好意を寄せてくれている。未だに信じられないけれど、荒井さんと水無月が二人揃《そろ》って言っていたから本当なのだろう。そういうことを考えてしまうと、なんだか不思議な気持ちになってくる。

「あの、多岐川さ……」

「きょ、今日は天気がいいですね！」

声を裏返しながら、彼女は僕の言葉を遮る。今まで勘違いをして、失礼なことをしていたのを謝ろうと思ったのに。

「う、うん。天気、いい……ですね」

「ぜ、絶好の夏フェス日和《びより》ですねっ！」

空回りしてしまっている多岐川さんのことが、僕は心配になる、今日はずっと、このままなのだろうか。せっかく彼女と過ごす休みの日だというのに……このままずっと気まずいというのは、嫌だった。

こういうのは、どちらかが歩み寄らなければ、自然な形に戻ることは決してない。むしろだんだんとお互いによそよそしくなって、修復できないほどに関係が乱れてしまう。そういうことを、僕は高校時代に痛いほど学んだ。

だから僕は一度深呼吸をして、多岐川さんとの距離を詰める。びっくりしたのか半歩後ずさったけれど、彼女はそこにとどまってくれた。

「あの、聞いてください。多岐川さん」

「は、はい……」

相変わらず視線は合わせてくれないが、先ほどよりも大人しくなってくれた。そして違和感に気づいたのか、視線を合わせないまま首をかしげる。

「何で、敬語なんですか……？」

多岐川さんの瞳は不安の色に揺れていた。それも当然だ。彼女は僕が敬語を使うことを極端に嫌がる。アルバイト中も、何度も敬語をやめてくださいと主張してきたんだから。

「水無月から聞いたんです。多岐川さんは、僕より二つ年上だって」

多岐川さんの瞳が、驚きで見開かれる。今まで話さなかったということは、おそらく知られたくなかったことなのだろう。いつかはバレることなのに。

「すみません。今までずっと、勘違いしてて。多岐川さんのこと、同い年かと思ってました」

「ごめん、なさい……」

「謝らないでください。勘違いしていたのは、僕の方なんですから」

僕は彼女に歩み寄った上で、決めなければいけない。僕自身が、これからどうしたいのか。多岐川さんが喜んでくれて、自分がいつも通りでいられる方法を。彼女が許してくれるならば、きっと僕だけは普段の僕でいられるから。

「それで、折り入って相談なんですけど。敬語、使わなくてもいいですか？　失礼だとはわかってるんですけど、今まで通りの方が違和感がないので」

僕の言葉で、多岐川さんはわずかに嬉しそうな表情を浮かべてくれた。年上の方に失礼だけど、彼女が嫌だというならば、僕も無理に敬語を使ったりはしない。

「あの、そうしていただけた方が嬉しいです……」

「そっか。それならよかった」

　僕も安心して、思わず笑顔になる。失礼な人だと思われたかもしれないと考えていたため、それが杞憂に終わって安心する。そもそも多岐川さんは、そういうことを考えるような人じゃないのに。

「というより、何で今まで黙ってたの？　お酒飲んでた時、すっごく心配したんだよ」

「えっと、恥ずかしくて……二回も浪人、しちゃったので……」

「別に、美大なら普通だと思うよ。それに、そこまでして夢を探しに行くのは、本当にすごいことだと思う。両親にも普通の大学に行くように説得されたんじゃない？」

「はい……一回目の時から、もうやんわりと説得されたので」

「それじゃあ、尚のことすごいよ。自分のやりたいことを貫いて、両親を説得して目標を達成するなんて。僕にはできないことだから」

　本当に、多岐川さんはすごい。ずっと失礼なことをしていたのは申し訳なかったけれど、水無月から彼女のことを聞いて、もっと多岐川さんのことが好きになった。

　僕は柄にもなく、いつもよりテンションが上がっている。恥ずかしいけれど、それでもいいと思った。多岐川さんに本心が伝わるのならば。それに今日は、待ちに待った休みの日なんだから。

「応援するよ。多岐川さんが夢を見つけるのを」

「あ、はい……」

そう伝えると、多岐川さんはようやくこちらを向いてくれる。それから僕の目を見て、薄くだけど微笑んでくれた。

高校生の頃も、僕はこうすればよかったのかもしれない。水無月に対して気まずくても、避けたりせずに、こんな風に開き直ってしまえば、何かが変わっていたのかもしれない。けれど過ぎ去ってしまった過去をいくら振り返っても、あの頃に戻ることはできない。

だから僕は、後悔のない選択をしていきたいと、強く思った。

「行こうか」

そう言って、僕は歩き出す。遅れて多岐川さんも歩き出し、僕の半歩ほど後ろに並んだ。

台風が過ぎ去り梅雨が明けて、夏の訪れを肌に感じる。見上げた空はどこまでも晴れ渡っていて、青く澄んでいた。そんな空の下で僕らは二人、いつのまにかいつものように笑いながら、話をしていた。

夏フェスの会場は多くの人でごった返していて、お互いそばにいなければ、すぐにはぐれてしまいそうだった。僕は自然と多岐川さんの手を握って、日差しの降り注ぐ太陽の下を歩く。チラと彼女の方を見ると、顔を赤くしていたが嫌がっているようなそぶりは見せていなかった。

チケットを受付に提示して、ラバーバンドと引き換える。これを手首につけておくと、ライブ会場へ入るための入場券代わりになるようだ。

夏フェスといえば外でライブをするというイメージが強かったが、ここでは大きな屋内ステージが四つあり、それぞれの会場でライブをするという形式らしい。ラバーバンドをつけた僕らは一度人の波から離れ、日の当たらない建物の陰へと向かった。

多岐川さんはパンフレットを広げて、こちらに寄って見せてくれる。

「何か知ってるバンドとかありますか？」

そう言われて出演アーティストを上から順に確認したけれど、僕の知っている名前は一つもなかった。普段からあまり音楽を聴かないから、当然と言えば当然である。

「多岐川さんの好きなバンド、教えてよ。それ聴きたい」

「えっ、いいんですか？」

「うん。実はあんまりアーティストとかよくわからないから、多岐川さんに教えてほしいんだよ」

僕がそう言うと、多岐川さんはあらかじめ目星をつけていたのか、「まずはこのバンドを聴きましょう」と、即決してくれた。時計を見るとそのバンドの演奏が始まる二十分前で、どこかで時間を潰さなきゃなと思う。

何気なく辺りを見渡すと、缶ビールや酎ハイを飲んでいる人が多く見受けられた。きっとアルコールを体の中に入れて、みんなテンションを上げているのだろう。

「多岐川さん、何かお酒飲む？」

「えっ」

一瞬だけ期待したような笑顔を浮かべたが、すぐに酔っ払ったかのように顔を赤くする。

「い、いえ。私お酒好きなんですけど、すごい酔っ払ってたくさん飲んじゃうので……それに先日も迷惑かけましたし……」

先日の出来事を思い出し、僕はふと懐かしさを覚える。たった二ヶ月前の出来事だというのに。

「一杯だけならいいんじゃない？　それに、今度は僕がちゃんと止めてあげるから」

「で、でも、迷惑をかけたら申し訳ないので……」

「迷惑だなんて思ってないから、大丈夫だよ」

僕の気持ちが通じたのか、多岐川さんは控えめに「じゃ、じゃあ一杯だけ……」と折れてくれた。まだよそよそしさがあるけれど、おそらくアルコールが入れば素直になってくれる。お酒に頼るのはあまりよくないが、僕に対する遠慮を少しでも減らせれば、多岐川さんももっと楽しめると思った。

屋台の立ち並んでいる区画で、アルコール類を販売しているお店に並ぶ。そこで僕らはお酒を購入して、また日陰に戻る。

お酒に関してまだまだわからないことが多いため、僕は多岐川さんと同じものを購入した。だから、このお酒がアルコールの強いものなのかどうかはわからない。透明なそれを見つめながら、僕は質問を投げかける。

「これって、アルコール強めなの？」

「いえ、このリキュールは、それほど強くないですよ」

「そうなんだ」

彼女の言葉を信じてお酒を飲んでみると、この前口に入れた日本酒より数段飲みやすかった。少し苦味を感じるけれど、強い炭酸だと思い込めば飲めないこともない。そんな風に僕がちまちまと飲んでいる間に、多岐川さんはゴクゴクとお酒を一気に減らしていく。結局僕が半分も飲まない間に、彼女のカップの中身は空になった。

「大丈夫？」

僕がそう訊ねると、彼女はふにゃりと微笑む。

「うん、たぶん、大丈夫」

前にお酒を飲んだ時と同じ反応で、僕はあらためて確信する。多岐川さんは本当にお酒に弱い。最初は一杯と決めていても、止める人がいなければやめることができない人なのだろう。

僕は、僕のぶんのお酒を物欲しそうに見られる前に、カップの残りを飲み干した。

「いい飲みっぷりですね」

そう言って多岐川さんは笑った。彼女は酔っ払うと、笑顔を浮かべる回数が多くなるから分かりやすい。

一気に飲み干したからだろうか。なんだか頭がぼんやりとして、心なしか心拍数も上昇している気がする。おそらくこれが酔うということで、彼女はその線引きをよく理解していないのだ。

「今日は本当に、この一杯だけだからね」

「う、うん……」

物足りなさそうな顔をしていたけれど、僕は心を鬼にして見なかったフリをする。飲みすぎでこの前のように気持ち悪くなって、ライブを見られなくなるのは本末転倒だ。それに多岐川さんには、我慢と自分の限界を覚えてほしい。

「楽しみですね」

そう言って彼女が微笑んだから、僕も笑顔で頷き返した。

屋内でのライブは一言で表すと、すごかったの一言に尽きる。辺り一面人で埋め尽くされていて、アーティストがステージに立った瞬間、あふれんばかりの喝采《かっさい》が巻き起こった。

そして力強く鳴り響く楽器の音。鼓膜が破れてしまうのではないかというほどの大きな音に、僕はただただ圧倒されるばかりだった。周りの人たちはタオルを振り回していたり、手を斜め前に突き出しリズムを取っていたりで、各々が精一杯音楽を楽しんでいた。

例に漏れず多岐川さんも、普段の柔らかな雰囲気とは打って変わって、手を突き上げたり叫んだりしていた。酔いが多岐川さんをそうさせているのかとも思ったが、きっと彼女も音楽が大好きだから、こんなにも楽しめることができているのだ。そうして僕はまた、多岐川さんの魅力を知る。

初めはなんとなく恥ずかしくて上手くのれなかったけれど、気づけば僕も多岐川さんと一緒にライブを楽しんでいた。ほとんどが知らない曲だったけれど、リズムに乗って体を動かすのがとても楽しい。ふとした拍子に多岐川さんと目が合って、一緒に笑い合えることが嬉しかった。

ライブが終わればすぐに多岐川さんに手を引かれ、別の会場へと連れて行かれる。普段からあまり運動をしていないから、正直、体の限界が近かったけれど、彼女の笑顔を見ているとそんな限界も吹き飛んだ。

　気づいた時には日が沈んでいて、大トリのライブも終わっていた。本当に楽しくて、楽しくて、こんな休みの日がいつまでも続けばいいのにと、また子供のようにふと思う。

　僕らはそれから、もう帰ろうかという提案をせずに、ずっと芝生の上に座っていた。ライブが終わって、日雇いのアルバイトの人たちが後片づけを始めても、帰ろうとはしなかった。

「楽しかったですね」

　ささやくように多岐川さんが言う。僕も「本当に楽しかった」と言って、彼女に同意した。

「最近ちょっと荒《すさ》んでたので、ちょうどいい息抜きになりました」

「何かあったの？」

「また合評会に向けて、作品を提出しなきゃいけないんです」

　僕は彼女と出会った当時のことを思い出す。泣きそうな顔を浮かべながら、必死に美大へ走っていたあの姿。思えばあの時引き返したりしなければ、おそらく今、多岐川さんとこうしていることはなかった。僕らは通っている学校も趣味も住んでいた場所も、目指している方向性も何もかもが違うから。こんな言葉をあまり使いたくはないけれど、あえて言うとするならば、奇跡のような巡り合わせだ。

「今回は、しっかり間に合いそう？」

「はい。以前からの反省があったので、いつもより早くから制作に取り掛かったんです」

それなら、また期限ギリギリということにはならないだろう。アルバイトにもあまり出ていないし、おそらくその時間を制作に使っているのだと思う。

「前は桜だったけど、今回は何を描いてるの？」

「アサガオです。たくさんアサガオが咲いているのを見つけて、一目惚れしたんです。写真も撮ったんですよ」

多岐川さんはスマホを取り出して、紫やピンクのアサガオが咲いている写真を見せてくれる。それはとても綺麗で、一目惚れしたというのも頷けた。

「絵が完成するの、応援してるよ。多岐川さんなら、きっと素敵なものが描けると思う」

「そんな、応援なんて申し訳ないです」

「夢を見つけるのを応援するって、言ったでしょ。僕には、こんなことしかできないから」

きっと多岐川さんなら、いつか素敵な夢を見つけられると思う。そのためなら僕は、どんな些細なことでも応援してあげたい。好きになったんだから当然だ。

「というより、最近荒んでたんだね」

「締め切り前は本当に忙しいので……こんな風に息抜きをしたくなるんです」

その息抜きの相手に、僕を選んでくれたことが嬉しかった。休みの日を一緒に過ごすことを、選んでくれたことが。

「前にもギター弾いてたし、多岐川さんは音楽が本当に好きなんだね」

「好き、なんですかね。両親がよく音楽を聴く人だったので、幼い頃から音楽に触れる機会が多かったんです」

「お父さんやお母さんも、ギターを弾いてたりしたの？」

「いえ。二人とも、聴くこと専門なんです。そもそも私がギターを始めたのは、大学の部活動紹介の演奏を見てかっこいいって思ったからですよ」

「へぇ、そうなんだ」

それから多岐川さんは恥ずかしそうに俯いた後、意を決したようにもう一度こちらを見つめてきた。

「今年の学園祭、私の組んでるバンドでライブするんです。それで、お時間があればなんですけど……」

その言葉を彼女が言い終わる前に、僕は答えた。

「行くよ。絶対見に行く」

「ほんとですか!?」

「この前の弾き語り、すごく楽しかったから。また演奏してるところが見たいって、思ってたんだ」

あの頃から胸に抱いていた本心を伝えると、多岐川さんは本当に嬉しそうに口元を緩めてはにかむ。子供っぽいその仕草が、とても彼女らしいなと思った。

そして辺りを見渡してみれば、僕らと同じように座っていた人たちも、だんだんと立ち上がって数が減っていく。ずっと居座るのは邪魔になるかもと思い、「そろそろ帰ろうか」と言って立ち上がる。彼女も頷いて、芝生の上から立ち上がろうとした。

けれどそれは上手くいかずに、膝が折れてがくんと倒れ込みそうになる。僕は慌てて、多岐川さんのことを抱きとめた。

「大丈夫?」

「あ、すみません……なんか、疲れが一気に来ちゃったみたいで……」

「仕方ないよ。あれだけ動き回ってたんだから」

それにお酒も飲んだから、いつもよりテンションが上がって、あまり疲れを意識しなかったのかもしれない。

「家までおぶうよ」

「えっ⁉」

「前に酔っ払った時、家までおぶったことがあるから気にしないで」

「あの、あの時のことはあんまり覚えてなくて……」

申し訳なさそうな声で、僕に寄りかかる多岐川さんは呟く。正直息を吸うたびに彼女の甘い匂いが鼻腔《びこう》を通り抜けていくけれど、冷静なフリを続けた。

「そうは言っても、明日は大学があるでしょ？　早く帰らなきゃだし、やっぱりおぶうよ」

半ば強引に話を進めると、多岐川さんは顔を真っ赤にしながらも、仕方なく頷いてくれた。きっと僕がこんなに積極的になれたのは、彼女のことが好きだからなのだろう。

おそるおそるといった風に、多岐川さんが僕の肩から腕を回す。この前も思ったが、女の子というのはびっくりするほど軽い。

「それじゃあ、帰ろっか」

「……はい」

それから僕は、彼女をおぶいながら歩き始める。もう深夜のため、大通りを走る車の数は少なく、まるで二人だけの世界に迷い込んでしまったように錯覚してしまう。

耳に届くのは夏の虫の鳴き声と、多岐川さんのわずかな息遣い。緊張しているのか、彼女は歩き始めてから一度も声を発しなかった。

このまま静かに歩くのも、それはそれでいいなと思ったため、僕は多岐川さんが何かを話すまで黙り続けている。沈黙が破られたのは、車が一台も通らない信号を、律儀にも青に変わるまで待っていた時。彼女は僕だけに聞こえるような小さな声で、ささやいた。

「もう、片思いの答えは出ましたか？」

信号機が青に変わっても、僕は歩き出さなかった。

「多岐川さんのおかげで、答えが出たよ」

信号機が再び青から赤に変わるのを、僕らは見届ける。

「それなら、よかったです」

多岐川さんは、安心したように息を吐いた。きっと彼女が相談に乗ってくれなければ、僕は今でも悩み続けていただろう。彼女に向ける思いの正体も、わかっていなかったかもしれない。

「ちょっと、公園に寄ってもいい？」

「はい」

僕は信号が次の青に変わるのを待って、公園への道のりを歩き出した。

公園の中央には大きな木が植えられており、暗い夜空に向かっていくつもの枝葉が伸びていた。僕らは、すべり台の近くにある木製の椅子に腰掛ける。深夜の公園に子供の姿があるはずはなく、僕ら二人だけの貸切状態だった。

話が終わってしまえば、後はアパートへ帰るだけになる。だから少しでも多岐川さんとの時間を引き延ばしたくて、公園までやってきた。けれど遅くなりすぎると彼女に迷惑がかかるため、すぐに話を始める。

「僕の大好きだった人は、すごく友達思いなやつだったんだよ。嬉しい時は一緒に笑って、悲しい時は一緒に泣くような、そんな女の子」

前にも一度、多岐川さんに水無月とのことを話した。その時の多岐川さんは僕のために泣いてくれて、とても嬉しかったのを今でも覚えている。

「いつか、さようならを好きになれる。多岐川さんはそんなことを教えてくれたけど、正直なところ、僕には無理だなって思ってた。ずっと好きだったから、今更前向きに捉えることなんてできないって」

だから忘れる努力をしようと思った。けれど忘れられるはずがなくて、あの日、水無月から電話がかかってきた時に、僕はあらためて気づいた。僕は水無月の、友達思いなところが、好きだったんだって。他人の幸せは、自分の幸せ。そんな生き方を貫いている水無月のことが、大好きだった。

「僕が彼女のことを忘れたりしたら、彼女のことを好きだった気持ちを否定することになる。そんなことは、嫌だったんだ。だって今でも変わらず、僕は彼女のそういうところが、好きだから」

思いが届かないから、好きだった人のことを忘れようとするなんて、やっぱり間違っている。たとえ未練がましいと言われても、それだけは曲げることができなかった。だって。

「僕のことをフッた時まで、彼女は友達のことを大切にしてた。そんな彼女のことを好きになったんだから、仕方ないなって思えたんだ」

水無月の決めたことだから、さようならという言葉を好きになれた。この恋から、身を引くことができた。その気持ちに、後悔なんてない。

水無月自身が、最後に僕の背中を押してくれたから。彼女の大切な人の中に、僕が入っているのだということを知ることができたから。僕はそれだけで、よかった。

僕の話をただ黙って聞いてくれていた多岐川さんは、それから嬉しそうにポツリと呟いた。

「よかったです。滝本さんの気持ちに、整理がついて」

「ありがとう。多岐川さんのおかげだよ」

「私はただ、歌ってただけですから」

そんな冗談を言って、多岐川さんがはにかむ。彼女の笑顔に、僕はいつも救われていた気がする。一番辛かった時、僕の気持ちを察してくれて、元気が出るように焼き鳥屋へ連れて行ってくれた。僕の話を聞いてくれて、泣いてくれた。僕のために、泣いてくれた。僕はそれが、たまらなく嬉しかった。

「この前、バイトが終わった後、岡村さんに呼ばれてたけど、何話してたの？」

突然そんな質問をすると、多岐川さんは「えっ!?」と驚いた声を上げる。僕はそんな彼女の慌てように、微笑ましくなった。

「こ、告白されました……断っちゃいましたけど……」

「そうなんだ」

岡村さんには悪いが、僕は心の底から安堵していた。万が一の可能性を、少しだけ考えてしまっていたから。

「どうして、断ったの？」

「……好きな人がいるんです。だから、断りました」

荒井さんと水無月に、多岐川さんは僕のことを好きだと教えてもらった。けれどここにきて、実は僕じゃなくて別の人を好きなんじゃないかと勘ぐってしまう。だって僕は自分に自信がなくて、特に惚れられるようなことをした覚えがなかったから。

だから、フラれてしまうかもしれないと思った。水無月に告白した時のことを思い出す。思いは伝えない方がいいんじゃないかと、卑屈な心がささやき始める。だけど、月並みな理由だけれど、言わずに後悔をするぐらいなら、言って後悔をしようと思った。そうすることで、また前に進める気がするから。

「僕も、実は好きな人がいるんだよ」

その言葉を聞いた多岐川さんは、今度は「えっ……」という悲しさを含んだ声を漏らす。

「その人はさ、素敵な人なんだ。いつも笑顔で、困ってる時に助けてくれて、悲しんでいる時に、自分のことのように泣いてくれる、優しい人でさ」

「……素敵な人、なんですね」

「うん。絵も上手くて、ギターも弾けて、お酒を飲んだらすぐに酔っ払っちゃうんだけど、そんな時まで僕のことを考えてくれている、素敵な人なんだ」

ふと隣を見ると、多岐川さんが泣いていて、手の甲で落ちてくる涙を拭っていた。泣かせてしまったことにわずかな罪悪感を覚えたけれど、こんなにも鈍感な女の子なのだということに僕は驚く。男の人と接した経験が乏しいから、なのかもしれない。

「幸せに、なってくださいっ……！　きっと滝本さんなら、今度こそ幸せになれますから……」

鼻をすって、落ちてくる涙を拭って、嗚咽《おえつ》の声を漏らす。こんなにも悲しんでいるのに、多岐川さんは僕の幸せだけを願ってくれた。あらためて、彼女は優しい人なんだということに、僕は気づかされる。

僕は涙を拭い続ける彼女の手を、優しく握った。夏フェスの時はずっと握っていたというのに、心臓の鼓動が痛いほど耳まで響いてくる。

涙で濡れた多岐川さんの手のひらを、優しく包み込んで、僕は言った。

「多岐川さんのことが、好きなんです」

「………………え？」

思わず照れくさくなって火が出そうなほどに顔が熱くなったけれど、目だけは最後までそらしはしなかった。ただ多岐川さんのことを見つめ続けていると、彼女の方が目をそらしてしまう。僕の心に、チクリと痛みが走った。

「……多岐川さんは、僕のことをどう思ってるの？」

もうどれだけの時間が経ったかわからないぐらい、僕は彼女の言葉を待ち続けている。もしかすると数分にも満たないほどわずかな時間だったのかもしれないが……。

それから多岐川さんはポツリと小さく呟いた。

「……好き、です」

今度は確かな声で、でも涙で声を震わせながら、多岐川さんは答えてくれた。

「滝本さんのことが、好きです」

僕の心はその言葉で満たされて、彼女と同じように涙を流してしまう。けれどそれは悲しい涙じゃなくて、嬉しい涙。そんな恥ずかしい姿を見せた僕の顔へ、多岐川さんは自分の顔を近づけてくる。

びっくりして後ずさってしまいそうになったが、身を引いてしまう前に、彼女の唇が僕の唇に重なった。手を握りながら、僕は多岐川さんとキスをした。

そしていつのまにか彼女の唇は離れていて、僕の瞳には顔を真っ赤にさせた多岐川さんの顔が映り込む。思わず、口づけされた唇に指を当てる。未だそこには、彼女の柔らかな感触が残っていた。

「た、多岐川さんって、結構大胆なんだね」

それとも感極まって、自分でもよくわからずにキスをしてしまったのか。彼女の真っ赤になった顔を見ると、おそらく後者なのだろう。突然でびっくりしたけれど、多岐川さんが望んでやってくれたことだから、嬉しかった。

「す、すみません……」

「どうして謝るの?」

「今の、ファーストキスじゃないんです……」

その事実を聞かされて、僕の胸は苦しくなる。多岐川さんのファーストキスは、僕じゃない。それが少し悲しいと思ったけれど、別に構わない。こういうのは、心の問題なんだから。

「も、もしかして、子供の頃にお父さんとキスしたとか、そんなやつ？」

冗談めかして訊いたが、本当のところはちょっとだけ悔しかった。こういう感情を持つのは、男だから仕方がない。

しかし多岐川さんは、首を振った。

「えっ!? じゃ、じゃあ幼稚園の頃に、ふざけて同級生とした……とか？」

また、多岐川さんは首を振る。じゃあいつ、彼女はファーストキスをささげたというのか。本当は隠していただけで、以前彼氏がいたんじゃないかと勘ぐってしまうけれど、それでもいい。今は、僕のことを見てくれているんだから。

しかし多岐川さんが教えてくれたのは、僕の予想よりも、遥かに斜め上をいく事実だった。

「こ、この前滝本さんが家に泊まっていった時、思わずしちゃいました……」

「……え？」

そんな事実、僕は知らない。ということは、おそらく僕が隣で眠っていた時に、多岐川さんがキスをしてきたのだろう。まだ、付き合ってすらいなかったというのに。

僕は思わず、多岐川さんのことを強く抱きしめていた。こんなにも僕のことを思ってくれていたのが、嬉しかったから。

「ありがとう、多岐川さん」

愛おしい彼女に感謝の言葉を伝える。君に出会えて、本当によかった。

多岐川さんも僕の背中に腕を回して、お互いに抱きしめ合う。休みの日がずっと続けばいいのにと、僕はまたそんなことをふと思った。

＊　＊　＊

いつか実家を出て一人暮らしをしたいという思いを、僕は中学生の頃からずっと胸に抱いていた。けれど中学を出たばかりの子供が、県外へ出て一人暮らしをすることなんてできるはずがないと、その時の僕は理解できていた。

だから親の望むままに勉強をして、偏差値の高い地元の高校へ進学をすることを決めた。

まだ小学生だった頃、僕にはたくさんの夢があった。友達の家で見せてもらった漫画を読んで、いつか漫画を描く人になりたいと思った。友達の家でやらせてもらったゲームに熱中して、ゲームを作る人になりたいと思った。子供の頃の僕はそのたびに、こんな大きな夢ができたと、母へ自慢をするように伝えていた。

けれどそういう時、母は決まって、その夢を叶えるのは難しいんだよと僕に教えた。

漫画家も、ゲームを作る人も、目指すのは難しい。無邪気だった僕は、自分の描いた拙《つたな》い絵を母に見せて、「こんなに上手く描けるんだよ」と、自慢した。母は「そんなことより、宿題は終わったの？」と言うだけで、僕の描いた絵に興味を示してはくれなかった。

子供の頃から、あまり運動が得意ではなかった。それでも友人に誘われたから、中学の頃はバドミントン部へ入部した。想像していた以上に練習が大変で、顧問の先生も厳しい人だったけれど、辛い練習にも必死に耐えた。時間が経つにつれて、一緒に入部した友達との差は開き続けたけれど、それでも休まずに練習に打ち込んだ。大会へ出られなくても、学年が上がり、新しくできた後輩に実力で抜かされても、部活を辞めたりはしなかった。

その努力を顧問の先生は認めてくれたのか、中学二年秋の大会の団体戦と個人戦に出させてもらえることになった。団体戦では、二軍の一番下で出場ということだったが、大会に出られるならそれでもよかった。だけど一番辛かったのは、両親が大会を見に来てくれないことだった。部活の大会を見に来てくれる友達の親を見ながら僕は、ただ羨《うらや》ましいと思っていた。

僕には兄と妹がいる。事あるごとに兄と比較されて、妹とも比べられてきた。かけられる期待は兄の方が大きく、一番下の妹は比較的甘やかされていた。僕はたまたま体の作りが運動向きではなく、兄よりも運動ができなかった。それを自覚していたからこそ、努力で掴み取ったチャンスを見に来てほしかった。けれど誰も、見に来てはくれなかった。

間に挟まれた不出来な僕は、比較的放任されながらも、勉強だけはやりなさいと事あるごとに言われ続けた。

中学生活を半ばほど過ぎた頃、僕は兄妹からの比較を避けるために、ゆくゆくは一人暮らしをしたいとぼんやり考え始めていた。

部活の引退試合の時も、両親は観戦に来てくれなった。惨敗だった試合の結果を顧問の先生に報告した時、先生は僕の肩に手を置いて「お疲れ」と言ってくれて、僕は涙を流した。僕はただ、その一言だけでよかった。

高校へ入学してから、水無月奏に恋をした。あまり褒められたり、喜ばれたりした経験が乏しかった僕が、誰かのために喜んだり悲しんだりする水無月を好きになるのは、至極当然のことだった。

初めて女の子に告白をした。だけどフラれてしまい、どこか遠い地へ行きたいという思いが強くなった。

だから僕は勉強をして、他県の国立大学を志望校に選び合格した。合格通知を見せた時に両親は喜んでくれたけれど、僕の心にはもう、何も響かなくなっていた。

ある時僕は、幼少期に親から褒められる経験をしなかった子供は、自己否定を続ける人間になるとどこかで聞いた。僕はその事実にどうしてか、痛く共感した。

荒井さんと水無月に、多岐川さんは僕に好意を寄せてくれていると教えてもらっても、結局最後の最後まで、その言葉を信じることができなかった。僕がそういう、卑屈な人間で、自分に自信を持てないからだ。

＊　＊　＊

大学の期末試験が終わり、夏休みに突入した。すぐに多岐川さんに会いたかったが、今は合評会に向けて作品制作の追い込みに入っているらしい。アルバイトも休み続けていて、せっかく付き合い始めたというのに、すれ違う日々が続き、なんとなく悲しかった。

だけど時間が空いた時には、電話で話をしている。彼女と話をしている瞬間が、今では一番楽しい。絵の進捗状況を聞いて、最近あったことをお互いに話し合う。そんな些細なことでも僕は楽しかったし、多岐川さんも嬉しそうに聞いてくれた。

そして今は、駅前ショッピングモールの五階にあるカフェに来ている。コーヒーは苦くて飲むことができないため、僕は抹茶味のフラペチーノを頼んだが、隣に座っている彼女の前にはブラックコーヒーが置かれている。お昼ということもあり、ついでにサンドイッチも二人分買った。

「すみません。私のぶん、奢らせてしまって」

水無月はコーヒーカップに口を付けて飲み始める。本当にブラックコーヒーを飲めるのだろうかと思ったが、彼女は特に顔をしかめることなく黒い液体をすすっていた。

どうして僕が水無月とこんなところにいるのか。その経緯は昨日の夜まで遡る。突然水無月が僕に電話をかけてきたかと思えば、開口一番に『最近、梓さんとはどんな感じですか』と訊ねてきた。正直に、最近は電話しかしていないことを伝えると、水無月は大きなため息をついて『プレゼントとか、あげましたか?』とまた僕に訊ねてくる。

僕はハッとして、まだ多岐川さんに何もプレゼントをあげていないことに気づいた。付き合い始めたのだから、記念に何かを贈ってもよかったのに。多岐川さんが初めての彼女だったから、そんな当然のことさえ思い浮かんでいなかった。

『ずっと会わなかったら、梓さんの恋心も冷めちゃいますよ』

『えっ、そんなこと……』

『そんなこと、あります。梓さんすごく美人なので、取られちゃっても知りませんよ』

呆れたようにそう言われて、僕は途端に焦りだす。せっかく付き合い始めたのに、多岐川さんと別れることになるなんて、そんなのは嫌だった。

『というわけで、ひとまずプレゼントを買いましょう。明日、私、暇なので、お昼に駅前にあるやかんのオブジェのところまで来てください』

『えっ、やかんって……』

『それじゃあ寝ますので、失礼します』

水無月は一方的に会話を打ち切ると、すぐに通話を切ってしまった。駅前にあるやかんと言われても何のことかわからなかった僕は、すぐにネットで駅前のやかんを調べた。どうやらショッピングモールの前に、倒れたやかんのオブジェがあり、そこが定番の待ち合わせ場所になっているようだ。

多岐川さんと付き合い始めて、まだデートすらしていないというのに、水無月と休みの日に二人で出かけてもいいのかと僕は迷った。けれど何度電話をかけ直しても水無月は出てくれなかったため、僕は心の中で多岐川さんに謝罪をしてから、今日この場所へと向かった。

僕はフラペチーノをストローで飲みながら、水無月の表情をうかがう。昨日の電話では呆れたような声を出していたが、今日は普段通りの水無月で、特に怒っているということもなかった。

「ところで、水無月は絵描かなくていいの？　多岐川さん、今日も頑張って描いてるらしいんだけど」

「私、もう一週間ほど前に描き終わってるので」

「あぁ、そうなんだ」

そういえば昔から、水無月は要領のいい子だった。後輩から伝え聞いた話だけど、宿題が出ればその日のうちに終わらせて、テスト勉強も一ヶ月前から始めていたらしい。

水無月と会話を続けることができなくて、僕は頻繁にストローへ口をつける。水無月相手にこんなようじゃ、多岐川さんとあらたまってデートした時に、何も話せなくなるかもしれないと自嘲する。僕は何か、気の利いた話題を探した。

「そ、そういえば、美大、大変？」

なんとかして絞り出したその質問に、水無月は怪訝《けげん》な表情を浮かべる。僕は何か、マズイことを言ったのだろうか。

「それ、前にも訊かれました」

「そ、そうだっけ？」

「はい。高校生活の延長みたいですって答えましたもん」

思い返してみれば、たしかにそんな質問を投げかけたかもしれない。おそらく、緊張していると見抜かれただろう。僕はまた、ストローに口をつけた。

「先輩、私に気を使わなくてもいいですよ。高校生の時みたいに、普通に接してください」

「そう言われてもさ……」

もう水無月に対する悩み事は解消されたが、あの頃からずいぶんと時間が経っている。高校生と大学生じゃ、全然違う。ずっと後輩という目線で彼女のことを見てきたけれど、今では学校も違うし、一人の女性として見てしまっている。普通に接するというのは、かなり難しそうだ。

「そんなんじゃ、梓さんに愛想尽かされますよ」

「だよね……」

「こういうのは、男性の方からリードしなきゃダメなんです」

「うん……」

「手始めに、梓さんのことを名前で呼んでみてください」

「えっ⁉」

カフェの中だというのに、僕は大きな声を上げてしまう。いきなり多岐川さんのことを名前で呼ぶなんて、そんなのは無理だ。そもそも女性を名前で呼んだことがないのだから。

「恋人同士は名前で呼び合うものですよ。いつまでも多岐川さんなんて、許されると思ってるんですか？」

　許されるも何も、多岐川さんを名前で呼ぶことを考えてすらいなかった。恋愛経験が皆無だから、そういう細かなところが僕にはわからない。いったい、いつになれば彼女のことを名前で呼んでもよくなるのか。

「いや、やっぱり恥ずかしいよ。異性の人を名前で呼ぶなんて……」

「恥ずかしくなんてないです。私は先輩のこと、名前で呼べますよ」

　そう言うと、水無月は一度間を置いた後に、まっすぐ僕を見て「悠さん」と呟いた。

　僕は初めて家族じゃない異性に名前で呼ばれて、不覚にも顔が熱くなる。

　そんな僕を見て、水無月はけらけらと笑った。

「もう高校も卒業しましたし、これからは悠さんって呼びましょうか。少しだけ、先輩っていう呼び方が気になってたんです」

「別に今までのままでもいいよ……」

「それじゃあ悠さんも、梓さんのことを名前で呼んでみてください」

　思いっきり僕の言葉をスルーされてしまい、軽く落ち込んだ。おそらくこのまま逃げ続けたとしても、水無月は許してはくれない。だから僕は覚悟を決めて深呼吸をした後に、小さく呟いた。

「あ、梓……」

これが今の僕の精一杯。蚊の鳴くような声だったけれど、水無月は満足げに頷いてくれた。

「今度梓さんと会った時、ちゃんと名前で呼んであげてくださいね」

「……変じゃないかな？」

「恋人同士なんですから、変じゃないです。普通です」

ハッキリと断言した水無月は、カップに残っていたコーヒーを一気に飲み干した。あらためて思うけれど、あんなに苦いものを砂糖やミルクを入れずに飲めるなんて、水無月の舌は大人だ。僕は何かに敗北した気分で残りのフラペチーノを飲む。

「水無月はさ、どうして美術の教師になりたいの？」

「どうしたんですか、突然」

「いや、気になったから」

僕の記憶での水無月は美術教師なんて目指していなかったし、そもそも美大に進学しようと考えていることすらも知らなかった。隠していたのか、それとも僕が知らなかっただけなのか。

「別に深い理由はないですよ。ただ、もともと教師になりたいとぼんやり考えていたので、それなら私の得意な美術の教師になろうって思っただけです」

「そうなんだ。やっぱり、大変なの？　実習とか」

「まだ行ったことがないのでわかりませんね。でも一年と二年で、介護体験と特別支援学校の実習に行かなきゃいけないので、これから大変なのかもしれません」

「そっか」

大手の企業に就職するために大学を選んだ僕にとっては、とても眩しい話だった。おそらく就活の準備を始めるのは三年の夏からだし、一年と二年のうちは公務員試験の対策をしつつ、学期末のテスト向けに勉強するだけ。多岐川さ……梓は自分の夢を見つけるために努力をしているし、僕は本当に、このままでいいのだろうか。考えても、答えは出ない。

「そういえば、梓が僕より年上だってこと、最初に教えてくれてもよかったじゃん。どうしてこの前まで黙ってたんだよ」

別に怒ってはいないが、ずっと梓に失礼なことをしていたから、今でも申し訳なかったと思っているのだ。知っていたなら、もっと早く教えてほしかった。

水無月は、とぼけたように答える。

「先輩、ずっと知っててため口で話してるのかと思ってました」

「嘘つけ。絶対面白がってただろ」

「まあ、少しは。いつ気づくのかなぁと思ってたんですけど、ずっと気づいていなかったので。もっと引っ張ろうと思ってましたが、これでも善意のつもりで教えたんですよ。感謝してください」

「感謝はしてるけど……」

それにしても、やっぱりもっと早く言ってくれてもよかったと思う。水無月とからかうような仲に戻れたのは、素直に喜べることだけど。

そうやって僕が困った表情を浮かべていると、水無月はくすりと笑みをこぼした。

それから水無月は立ち上がって「それじゃあ行きましょうか」と言う。僕は頷いて立ち上がり、カフェを出る。

「ついてきてください」と言った水無月は、迷うことなくエスカレーターを二階分、下っていく。事前にリサーチしていたのか、三階にはネックレスやイヤリング、ブレスレットなどが置かれている店舗が多く、むしろたくさんあって迷いそうだった。

僕はまず、時計の売られている店舗に入る。男性用のものから女性用のものまで取り揃えられていて、贈り物を選ぶのには困らない。

「時計にするんですか？」

「いつも腕に身につけてるものだし、見る機会も多いから……変かな？」

「変じゃないと思いますよ。それじゃあ時計にしましょうか」

「えっ」

水無月は、あっさりとプレゼントするものを決めてしまう。そんなに単純でいいのだろうか。

「一番初めに迷いなく入って行って、それだけしっかりとした理由があるなら、迷う必要はないかと思います。あと重要なのは、どんなデザインの時計を買うかですね」

水無月はそう言うと、女性モノの時計が展示されているコーナーへ向かう。それから一つ一つを吟味しながら、一緒にプレゼントするものを考えてくれた。

「梓さん、ピンク色が好きなんですよ」

「そうなんだ」

「はい。なのでそっちのコーナーのものがいいかもしれませんね」

そうして水無月が指差した場所には、ピンクを基調とした腕時計が展示されている。

その中の一つに僕は、真っ先に目が惹かれた。

「これなんかいいんじゃない？」

腕に巻くためのバンドは白色の革になっているが、それが文字盤の薄ピンク色を引き立てている。文字もちゃんと数字で書かれているため、パッと見た時にすぐ時間がわかる。

適当に選んだんじゃなくて、本当にこれがいいなと僕は思った。金額はちょっとお高めだけど、アルバイト代があるから買えないほどではない。

「それじゃあ、これにしましょうか。あの、すみません！」

僕がそう決めると、水無月はすぐに店員さんを呼んでくれた。思い切りのよさが、彼女のいいところなのかもしれない。きっと水無月がいなければ、僕は今頃時計屋にすらたどり着いていなかった。

それからやってきた店員さんに、プレゼント用に包装してほしいと伝えて代金を支払う。数分後には、綺麗に包装された彼女へのプレゼントが僕の手元にあった。喜んでくれればいいいなと、僕は期待に胸を膨らませる。

帰りのバスの中で水無月に「今日は本当にありがとう。助かったよ」と伝えると、笑顔を見せながら「悠さんには、高校生の頃たくさんお世話になりましたから。これはほんのお礼です」と言われた。

彼女はお世話になったと言うけれど、僕は迷惑をかけた記憶しかない。告白をしたせいで、気まずい雰囲気を作ってしまったのだから。それを、ずっと謝りたいと思っていた。けれど彼女はあの時のことを特に気にしていないようで、だから僕もこれ以上触れないでおこうと思ったが、それでは前に進めない気がした。

僕は一度深呼吸をして、「あのさ、水無月」と話しかける。

「高校生の頃、変な空気を作っちゃってごめん。僕のせいで、生徒会に居づらかったよね」

「先輩に告白された後のことですか？」

僕は頷く。卒業するその時まで、僕は水無月に迷惑をかけてしまった。

「そうですねー。すごい気まずかったので、卒業するまで逃げ続けずに、いつも通り接してほしかったです」

「ごめん……」

「でも、仕方ないんじゃないでしょうか。私たち、あの頃は高校生でしたから。そんな間違いもしちゃいますし、今ではちょっと懐かしい思い出です」

たしかに、以前まではずっと気に病んでいたのに、今では懐かしい思い出としてあの頃を見ることができる。時間が過ぎ去ってしまえば、どうしてあんなことで悩んでいたんだろうと、馬鹿らしく思えてくるように。

でも、あの頃から変わらない気持ちも、この胸の中にある。その気持ちを、あの頃素直に伝えておければ、こんなに悩み続けることもなかったのだろう。

「これからも、できればあの頃みたいに話してもいいかな」

そう訊ねると、水無月は昔見せていた笑顔と同じものを、今日も浮かべてくれた。

「高校の頃の出会いは一生ものですから、元からそのつもりです。これからも、あらためてよろしくお願いします。悠さん」

こうして、懐かしい後輩との休みの日は終わった。

翌日、スーパーの更衣室で着替えをしていると、岡村さんが入ってきた。手を出すなと言われた梓と付き合い始め、この前彼がフラれたのも知っている僕はなかなかに気まずい。挨拶をして早々に立ち去ろうと考えたが、ドアに手をかける前に呼び止められた。

「滝本、多岐川ちゃんのこと好きなんだろ？」

なぜ今そんなことを訊いてくるのかわからなかったが、僕は迷いなく頷く。

「好きです」

わずかな間の後、岡村さんは「この前告白したら、フラれたんだ。お前のことが好きなんだってよ」と、寂しげなため息をついた後に言った。

岡村さんにわざわざそんなことを言っていたのかと、僕はなんだか恥ずかしくなる。梓は隠すということが苦手なのだろう。

「好きならさ、告っちまえよ。いつまでも引きずってねーでさ」

「あの……」

これは言おうか迷ったが、岡村さんに相談した手前、報告しておくべきだろう。それに隠していても、いずれバレてしまうから。

「この前、告白しました」

そう言うと、岡村さんはこちらへ近づいてきて、僕の首に腕を回してヘッドロックしてくる。びっくりして逃げようにも、彼の力は強かった。

「幸せになれよ！　この野郎！」

岡村さんの表情は見えなかったが、声の震えから、泣いていたのだということは理解できた。きっと彼は、本気で梓のことが好きだったのだろう。

だから幸せにならなきゃと思った。幸せにしなきゃいけないと、強くそう思った。


事前に電話で、無事に課題を提出できたと梓から聞いていた。そして今日は合評会の当日だった。合評会では、提出した絵を教師たちが評価する。昨日の夜は、不安で眠れないと梓が言ったため、彼女が疲れて寝落ちするまで電話で励ましていた。

せっかく頑張って描いたのだから、いい評価をもらってほしい。

アルバイトは休みだったため、僕はずっと部屋の中で彼女を待っていた。終わったら真っ先に僕の部屋へ来ると聞いていたから、部屋の中で待ち続けて、午後の四時を少し回った頃、ようやく部屋のインターホンが鳴った。

僕は慌てて立ち上がり玄関へ行き、すぐにドアを開く。果たしてそこにいたのは、久しぶりに見た僕の彼女。けれど梓は落ち込んだ表情を浮かべていた。

「入りなよ。お茶、入れるから」

それだけ言うと、梓はコクリと頷いて、僕について部屋へ入る。麦茶を入れて居間へ戻ると、彼女は膝を抱えて座っていた。

麦茶を机の上に置くと、梓はぽつりと話し始める。

「また、教授からの評判が悪かったんです……」

「そうなんだ」

「頑張ったのに。やっぱり私、向いてないのかな……」

そんなことは、ないと思う。梓の絵を初めて見た時、お世辞じゃなく素直に上手だと思ったから。

けれどきっとそんな言葉は、ただの気休めにしかならない。僕に絵画の知識はないし、美大の教授の方が明らかに審美眼がある。ある程度の好みはあるだろうけれど、基本的には教授が出した結論が、梓の描いた絵の評価だ。

本当なら、梓へ発破をかけるべきなのだろう。彼女が絵を描く道で生きて行くのを応援するならば、努力が足りなかったんじゃないかと、キツイ言葉を浴びせる方が正解だ。

きっと美大の教授だって、そのような言葉を梓へ投げかけただろう。中途半端な甘えや優しさは、彼女のためになるとは限らないのだから。

けれど僕は梓に嫌われてしまうのが怖くて、厳しい態度は取れなかった。ならば僕は、今の僕ができることをするしかない。

目に涙をためる梓の手を取り、用意していたそれを手のひらにのせてあげる。

「……これ、何ですか？」

「開けてみて」

梓は首をかしげつつも、包装紙を丁寧に開いていく。そして中から出てきた箱を開けて、目を丸めた。

「これ、時計……」

「付き合い始めたから、その記念にプレゼントを用意してたんだ。もしよかったら、受け取ってほしい」

当初の予定では、どこかへデートに行って盛り上がった時に渡そうと考えていた。けれど、今は梓のことを励まさなければいけない。ムードもへったくれもないが、それでも彼女は喜んでくれると思った。

しかし彼女はプレゼントした時計を一度丁寧に机の上に置き、カバンの中からプレゼント用に包んである四角いものを取り出す。梓はそれを、僕に渡してくれた。

「開けていいの？」

その言葉に彼女が頷いたのを見て、僕も丁寧に包装紙を開いていく。果たしてそこから出てきたものは、僕が梓のために買った時計の色違いのものだった。文字盤は黒色で、腕に巻くためのバンドは白色。

「この時計、奏ちゃんと一緒に選んだんです。いきなり時計屋に連れてかれて、すぐにこれにしましょうって言って……」

僕はようやく、水無月がしようとしてくれていたことを知った。そしてそれを知って、思わず目頭が熱くなる。彼女は本当に、優しい人だ。

「水無月に、後でお礼言わなきゃね」

「……はい！」

泣き出してしまった梓の手をもう一度取って、元々つけている腕時計を外していいかと問いかける。すぐに頷いたため、僕は巻かれていたそれを優しく外して、お揃いの時計をつけ直した。そのピンク色の時計は、本当に彼女に似合っている。

それから梓も僕の手を取り、同じく外していいかと訊ねた。頷くと、これまで長い間使っていた時計を外して、新しい時計を巻いてくれる。

彼女とお揃いの腕時計。それを見るだけで胸がいっぱいになる。好きな人からのプレゼントは、こんなにも嬉しいものなのだということを初めて知った。

「ちょっと、外に行こうか。街の方でぶらぶら歩こう」

数分前の梓なら落ち込んでいてそれどころじゃなかったが、今はプレゼントした時計を身につけて歩けるのが嬉しいのか、迷いなく頷いてくれた。

街へ向かってすぐに、何か甘いものを食べようと僕は提案した。梓はメロンパンを売っている店を指差す。僕らはそこでメロンパンを買い、歩道に設置してあるベンチに座り食べ始めた。

世界で二番目に美味しいと言われるメロンパンは、熱々のメロンパンにアイスが挟まれている。口に入れると二つの甘さが広がって、思わず頬が緩んでしまう。それは梓も同じだったのか、一口食べるとすぐに「美味しい！」と言って、いつもの笑顔を見せてくれた。

しばらく黙々と食べ続けていると、梓は言った。

「私、一人っ子なんです」

「そうなんだ」

「甘やかされて育った自覚、結構あります」

一人っ子だと、親からの愛情は自分一人に全て注がれる。だから甘やかされて育つと、聞いたことがある。

「幼い頃から、買いたいものは買い与えられて、少しでも結果を残せば褒められて……きっかけは、小学校の時の夏休みの宿題で提出した、ひまわりの絵でした」

昔を懐かしむように、彼女は自分の幼い頃の話を始めた。僕はただ静かに、その話を聞いていた。

「もしかして、金賞取っちゃった？」

「いえ、銅賞でした。でも両親はすごく喜んでくれたんです。銅賞だったけど、すごいすごいって褒められて。その時私は、絵を描くことの楽しさを知りました」

きっとその時に両親が手放しで褒めていなければ、今の梓は存在しなかったのだろう。

「それからたくさん絵を描いて、画家になるとか漫画家になるとか、笑っちゃうような夢を両親に語ってました。梓ならきっとなれるよって言われて嬉しかったのを、今でも覚えてます」

「嬉しいよね、子供の頃にそういうことを言われるのは」

「はい。何も考えなくてよかったから、私も好き勝手言えてました。共学は不安だからっていう理由で中学・高校は女子校に入って、そこでも絵の結果を残しました。けれど大きくなるにつれて、絵は描きたいけど、自分は本当は何をしたいのか、わからなくなってました」

美大へ行けば、本当にやりたいことが見つかるかも。彼女は以前、そう話していた。

「だから、美大へ行こうと思ったんです。もちろん両親も応援してくれました。でも……」

けれど、梓は美大の受験に落ちてしまった。悲痛な表情を浮かべる彼女は、それでも話を続ける。

「一回目からもう、一般の大学を受けた方がいいんじゃないかって、説得されました……初めてだったんです。両親が、あんな顔を見せたのは……けれど私には絵しかないってわかってたから、今更それ以外の道へ行くことを、考えられませんでした。二回目は今まで以上に必死に絵に打ち込んで……それでも、ダメだったんです」

美大へ合格するためには、人によっては何度も浪人して努力を積み重ねなければならない。何度も何度も落とされ、次第に自信がなくなって、諦めてしまうこともあるのだろう。

けれど……。

「でもさ、三回目の受験で美大に受かったんだから。二年間の努力は、ちゃんと報われたよ。今がダメでも、コツコツ努力していけば、きっといつかは結果に結びつくって」

「そう、ですかね……」

「自信持ちなよ」

僕は迷いなく頷いて、そう励ました。梓に発破をかけることはできないから、自分にできるのは応援することだけ。挫折しそうでも、僕が支えることができれば、彼女は何度でも立ち上がることができるはずだ。

梓は僕のあげた時計に視線を落とし、それから張り詰めていた表情を緩ませる。どうやら支えることができたようだ。

「美大に受かった時、お母さんが泣いて喜んでくれました。今でもその時のことは、すぐに思い出すことができます。甘えさせてもらったぶんだけ、私は精一杯頑張らなきゃいけないんです」

「頑張ろう。一緒に」

一緒に、頑張る。梓の夢を応援したいと、強くそう思う。

そして僕は、ポツリと口から言葉が漏れた。

「梓は、僕に似てるね」

「えっ？」

疑問に満ちた表情から一転、みるみるうちに梓の顔が赤く染まっていく。何かおかしなことを言ったのかと思ったが、すぐにその理由がわかった。

僕は自然と、梓の名前を口にしていた。

「ご、ごめん。梓の方が年上なのに、呼び捨てにしちゃって……」

「い、いえ！　梓がいいです！　その……嬉しかったので……」

恥じらいを見せながら俯く梓を見ていると、僕まで顔が熱くなってくる。普段は落ち着いていて大人なのに、こういう素《す》になる時は子供っぽくて可愛い。それから梓は、上目遣いで僕に訊ねてきた。

「あの、悠くんって呼ばれるのは、嫌ですか……？」

僕は首を振る。名前で呼ばれて、嫌なはずがない。梓は遠慮がちに、僕へ質問をしてきた。

「悠くんは、どんな風に育ってきたんですか？」

「えっ、僕？」

僕の話をしても面白くないだろうが、梓の話を散々聞かせてもらったのだから、僕も話さないとフェアじゃない。

「兄と妹がいるんだよ」

「真ん中なんですね」

「うん。それでさ、兄は親の期待がすごくかかってて、妹はすごい甘やかされてるんだ。真ん中の僕はそれなりに放任されてたけど、勉強だけはしっかりしなさいって事あるごとに言われてた。褒められたことも、あんまりないんだよ」

そこまで話して、僕はきっと梓のことが羨ましいのだろうなと思った。親に愛情を注がれて、些細なことでも褒めてもらえて。

「それはなんだか、悲しいですね」

「まあ、もう慣れちゃったんだけどね」

もう両親に期待されようとは思わない。期待するだけ無駄なのだから。僕の心はどうしようもないほどに、冷え切ってしまっている。

「でも、悠くんはしっかりしていると思います。そこは褒められるべきですよ」

「どうして？」

「だって国立の大学に合格して、今は一人暮らしをしてるんですから」

「それはそうだけど、親の脛《すね》はかじりまくりだよ。授業料を払ってもらってるし」

「それじゃあ、生活費は自分で負担してるんですよね？　授業料も自分で払ってる大学生は、そんなにいないと思います」

たしかに、彼女の言う通りだ。言われてみれば、授業料を自分で納めている大学生は少ない。

「……けど、生活費は奨学金から切り崩したりしてるから」

「奨学金は、そのために使われるものです。それに奨学金をもらえたのも、高校時代に悠くんが頑張ったからじゃないんですか？」

僕が何か反論をしようとしても、すぐに梓に言い返されてしまう。僕はどうして、自分のことを卑下してしまうのだろう。

「悠くんは、しっかりしてます。お父さんやお母さんが認めてくれなくても、私がしっかり認めますから」

真正面からそんなことを言われ、僕は思わず照れくさくなり頬をかく。梓を励ますために外へ出たのに、逆にこちらが励まされてしまった。

僕は梓の言葉に、素直に「……ありがとう」とお礼を言った。

それから僕らは、溶けそうになっているアイスをスプーンですくいながら、最後までメロンパンを残さずに食べた。そして目的もなく歩いていると、いつのまにか駅前に着いていて、ショッピングモールの中をまたぶらぶらと歩く。五階にある本屋で、有名な恋愛小説の映画化決定のポップを見つけ、今度一緒に見に行こうと約束した。

初めてのデートみたいなものだから、もう少し値段の高いお店にしてもいいと思ったが、夕食をどこで食べようかとなった時に、ファミレスにしましょうと真っ先に梓は言った。僕は特に断る理由もなかったため、それに頷き彼女に連れられてファミレスの中へと入る。

混み合う店内へ入ると、僕らを見つけた店員さんが真っ先にこちらへとやってくる。そして、彼女がいることに驚いた。

僕らに笑みを浮かべたのは、ファミレスの制服を着た水無月だった。そういえば、駅前のファミレスで働いていると言っていたのを、今更ながらに思い出す。

「いらっしゃいませ。二名様でよろしいですか？」

「あ、うん……」

「ではこちらの席へどうぞ」

　梓はニコニコしながら水無月の後をついていく。おそらく、最初からわかっていてここを選んだのだろう。

　二人掛けの席へ案内してくれた水無月は、僕と梓の腕に巻かれている時計を見て「あらためて、おめでとうございます」と祝福してくれた。

　鼻の奥がツンとしたのと、気恥ずかしさで僕は「あ、ありがと……」と、上手くお礼を言葉にできない。

「本当に、お似合いのカップルだと思いますよ。末永く、お幸せになってくださいね」

「うん。ありがと、奏ちゃん。それと、私たちのプレゼントを選んでくれて」

「それは先輩たちが、中学生みたいな恋愛をしてるからですよ。私が動かなきゃ、いつまで経っても進展しないなって不安に思ったんです」

　お節介な後輩だが、そこが水無月のいいところだ。僕らはそれから食べ物を注文して、たわいのない会話に花を咲かせた。そろそろ帰ろうかという時に、水無月は僕らのためにケーキを持ってきてくれて、梓は思わず泣いてしまっていた。

　今日という日の出来事を、僕はこれから一生忘れることはないだろう。

第四章　自由の象徴

《梓》

　美大での合評会は一年間のうち、五月半ば、夏休み前、夏休み明け、一月末の四回行われる。その年によって時期は違うが、今年はそんな予定だ。そのため夏休み前の合評会が終わっても、私はすぐに夏休み明けに提出する絵の製作に取り掛からなければならない。

　私たちはアルバイトのシフトが入っていない休みの日を使って、少し遠出をしていた。運転席に座り運転をしている悠くんと、助手席に座る私の腕には、もちろんお揃いの腕時計が巻かれている。

　今まで誰かとお揃いのものを身につけたことがない私にとって、その時計は何物にも代え難い大切な宝物だ。

　畑道を走り続けていると、やがて一面黄色に覆われたひまわり畑が見えてきた。私は助手席の窓を全開にして、身を乗り出すようにその光景を眺める。

「すっごい綺麗ですよ！」

「こんなにひまわり咲いてるの、初めて見たよ」

「私も初めて見ました！」

窓から顔を出して、涼しい風を肌で感じる。ここは緑の空気に満ちていて、心がとても穏やかになる。風に吹かれて、ハーフアップにまとめた髪がサラサラとなびいていた。

「危ないから、あんまり身を乗り出さないでね」

「はーい」

悠くんに注意された私は窓から顔を出すのをやめて、首に下げられている一眼レフのカメラをいじり始める。このカメラは、美大の入学祝いとしてお母さんがプレゼントしてくれたものだ。これでいっぱい写真を撮って絵を描いてほしいと言われ、一年の頃からずっと愛用している。今日はそのカメラを使って、夏休み明けの合評会で描く、ひまわりの写真を撮りに来ていた。

けれど、このカメラで今日最初に撮るものは、ひまわりではないと決めている。私は運転をしてくれている悠くんに、カメラのレンズを向けてシャッターを切った。カシャリという音と共に、悠くんの姿がカメラの中に保存される。

「僕は撮らなくていいんじゃない？」

「遊びに来た記念ですから。部屋に飾っておきます」

そんな私に悠くんは苦笑して、けれど同時に恥ずかしかったのか照れくさそうな表情を浮かべていた。

撮影された写真を確認すると、私の恋人が真剣に運転する様子が綺麗に収められていて、部屋に飾るのが楽しみになる。

「すごいかっこよく撮れてるので、安心してください」

「どうあがいても、僕をかっこよく撮るなんて無理でしょ」

「えー、かっこいいですよ。悠くんは自信を持ってください」

渚ちゃんは、どうしてあんな平凡な男のことを好きになったんですかとぼやいていたが、好きになってしまったんだからしょうがない。初めて悠くんが助けてくれた時のことを、私は今でも鮮明に覚えている。何台も自動車が通り過ぎていく中で、彼だけが私のそばに止まってくれた。最初はナンパかと思って警戒したけれど、そうじゃないことはすぐにわかった。

彼には、好きな人がいたから。ずっとその人のことをひたむきに思い続けていて、今でも忘れることなんてできなくて、だけどそれでも私を選んでくれた。私はそんな恋人のことが大好きだし、かっこいいと思っている。容姿だけで、人を測ることなんてできない。もちろん私は、彼の容姿も好きだけれど。

それから駐車場に車を停めて外へ出ると、花の香りが私の鼻腔を通り抜けた。蝉の鳴き声と花の香りと、照りつける太陽の光。こんな田舎へやってくると、五感で夏を感じられる。

私はすぐに、ドリンクやソフトクリームを販売している売店を見つけ、悠くんの手を掴んで真っ先にそちらへ向かった。

「写真、撮らなくていいの？」

「まずは甘いものからです！　なんとなく、お腹空いたので！」

ここに来るまでにずいぶんと時間がかかってしまったから、お腹がペコペコだった。

売店に着いて財布を取り出したけれど、悠くんは「いいよ」と言って、二人分のソフトクリームを買ってくれた。私はお礼を言って、近くのベンチに座ってそれを食べる。一口目を食べた瞬間、甘い牛乳の味が口の中に広がった。

「美味しい！」

私は素直に、ソフトクリームを食べた感想を口にした。冷たくて甘いものを食べると、夏の暑さなんてどこかへ吹き飛んでしまう。それに、近くに牧場があるからだろうか。その味は、普通のソフトクリームより牛乳の味が濃く感じられた。

その濃厚な牛乳の味を舌で味わっていると、今度は悠くんがスマホのカメラをこちらに向けてくる。私はすぐに、中指と人差し指を使って笑顔でピースした。

それから私は自分のスマホの内カメラを起動させ、悠くんの肩に寄りかかる。男の子の大きな体は少し緊張するけれど、彼の体に触れるといつもより安心することができた。

「ほら、笑ってください」

私はそう言って、悠くんとのツーショット写真をスマホに収める。撮り終えたものをすぐに確認してみると、彼は写真の中でぎこちない笑みを浮かべていた。悠くんらしいなと思い、私はくすりと笑う。

「上手く撮れてた？」

「はい、とっても」

そう答えながら、今度はスプーンで自分のソフトクリームをすくって、彼の口元へと近づけてみた。少しびっくりしたのか後ずさりしそうになったが、それより先にスプーンを彼の口へ突っ込む。

悠くんは少し照れくさそうに頬をかくが、私は年上の余裕というものを見せるために、戸惑っている彼を見てけらけらと笑う。本当は、実行した私もちょっとだけ恥ずかしかった。

それを隠すために、私は笑顔を見せる。

「今の、恋人っぽかったですね！」

「心臓に悪いから、事前にやるって言ってよ……」

「事前に言っちゃったら、悠くんは驚かないじゃないですか」

悠くんはムッとしたのか、仕返しとばかりに私と同じことをしてくる。やっぱり少し恥ずかしかったけれど、それ以上に彼がしてくれたことが嬉しくて、自らスプーンをくわえてアイスを食べた。

「食べさせてもらった方が、美味しく感じますね」

悔しそうな表情を見せる悠くんを見て、私は心の中で密《ひそ》かに勝利の余韻を味わっていた。


ソフトクリームを食べ終わった後、ようやく私たちはひまわり畑へ向かった。近づいてみると、そのひまわりの大きさに圧倒される。私の背丈と同じぐらいまで成長しているひまわりもあって、今度は密かに敗北感を味わった。植物に身長を抜かされるなんて……。

それでも素直に綺麗だと感じた私は、「すごい、綺麗ですね！」と感想を口にした。

悠くんも、いつもより目を輝かせながらひまわりを見つめている。

「こんなに間近でひまわりを見たのは初めてだよ」

花の香りが辺り一面に広がっていて、それに誘われた蜂がひまわりの周辺を飛び回っている。私はカメラをそちらに向けて、何枚も写真を撮っていく。

けれど、写真を撮ることに必死になっていた私は、自分の近くを飛んでいる蜂に気づいていなかった。急に悠くんに両肩を後ろから掴まれ、蜂から遠ざけてくれる。その際、背中が彼の大きな胸に当たり、私はかなり慌てた。

「うわっ!?」

「危ないから、気をつけて」

本当にしょうがないなと、悠くんはため息をつく。けれど少し微笑みも見せていて、子供っぽかったかもと恥ずかしくなった。

「蜂に刺されたら危ないから、注意してね」

「はい……」

そう言うと、悠くんは私の肩から手を離した。渚ちゃんが知らないだけで、やっぱり彼は男の子だ。急に見せるそんな男らしいところが、私の心を大きく乱れさせる。

「ねぇ梓、あそこに入って展望台まで行こうよ。そうしたら、たぶんいっぱいひまわりが見られると思う」

そう言われて、私は悠くんが指差した方を見る。どうやらこのひまわり畑は迷路になっているらしく、真ん中に木材でできた展望台が設置されている。あそこに行ければ、かなり壮大な写真が撮れそうだった。

私はすぐに乗り気になって「今すぐ行きましょう!」と言い、悠くんと手を繋《つな》いで歩き出す。

すぐに展望台へ行ける近道のルートもあったが、せっかくだから楽しもうということになり、通常のルートを歩く。たまにクイズのようなものがあり、左右には大きな黄色いひまわりがいくつも生えていて、隣には大好きな恋人の姿。とても長い迷路で三十分ほど迷い続けたけれど、飽きるということはなかった。

展望台へたどり着き、その上から二人でひまわり畑を見下ろす。黄色いひまわりの花が咲き乱れていて、私はきっと瞳を輝かせている。

「いい写真撮れそう？」

「はい！」

私はまたしばらく写真を撮ることに夢中になった。けれどある程度それが終わった頃、急に悠くんは私の顔を覗き込んでくる。

「体調、大丈夫？」

「えっ？」

「顔、赤くなってるから。今日すごい暑いし」

そう言われて、たしかに顔が熱く火照っていて、額からも汗が噴き出していることにようやく気づいた。

悠くんは、ハンカチと事前に買っておいたスポーツドリンクを渡してくれて、それを半分ほど飲み干す。帽子か何かを持ってくるべきだったなと、今になって後悔した。

それからハンカチで汗を拭うと、悠くんは私の額に手を当ててきて、余計に鼓動が乱れてしまう。

「やっぱり、少し熱い」

「は、はい。ちょっと、いつもより体も熱いかもしれません」

「ごめん、今まで気づけなくて」

「悠くんは、大丈夫ですか？」

「僕は大丈夫」

「それなら、安心しました」

「すぐに戻ろっか」

「はい」

私は彼の温かい手のひらに引かれながら展望台を下り、迷路の出口へと向かう。そこへたどり着くのに、それほど時間はかからなかった。開けた空間が見えてきたかと思えば、いつのまにか私たちは迷路から抜け出ていた。

私は思わず、握っている彼の手を一緒に大きく上げて、「とうちゃーく！」と喜びの声を上げる。周りに子供連れの家族やカップルがいて、悠くんは少し恥ずかしそうにしていた。

駐車場へ戻り車に乗り込むと、車内は熱気で満たされていた。悠くんはすぐにエンジンをかけて、エアコンで温度を下げてくれる。

「今日は、とっても楽しかったですね。悠くんはどうでしたか？」

「僕も、楽しかったよ」

悠くんと恋人同士の関係になってから、こんな風に目的を作って休みの日に出かけたのは初めてのことだった。私は気恥ずかしくて何も言わなかったが、こういうのをデートと言うのだろう。

「今日のお夕飯は、私に任せてください。こんなに遠い場所まで車を出してもらったので」

「そんなこと全然気にしなくていいよ。僕の方こそ、すごく楽しかったから」

「そういうわけにはいきません。というわけで、帰りはスーパーに寄ってください」

「作ってくれるの？」

「はい。といっても、たいしたものは作れませんけど」

「そんなことないよ。前に食べた朝食、すごく美味しかったし。それじゃあ、お願いしようかな」

「任せてください！」

それからスーパーへ寄って食材を買い、私の部屋で料理を始める。悠くんは、私の体調が心配だからと言って一緒にキッチンへ立ち、作業を手伝ってくれた。

そして机の上に並べられたものは、ごはんとシーザーサラダ、豚肉の生姜焼きにお味噌汁。誰かに料理を振る舞った経験が少ないから、口に合うのか心配だったけれど、悠くんは何度も美味しいと感想を口にしてくれて、すぐにお皿の上のものはなくなってしまった。

　私は嬉しくて、できれば夕飯の後もおしゃべりを続けていたかったが、お皿を洗い終わってすぐに「それじゃあ、今日はもう帰るね」と言って悠くんは立ち上がった。

私は反射的に、彼の手を掴む。

「もう少し、ここにいませんか……？」

　私が甘えれば、悠くんは仕方ないなと言って、折れてくれると思った。

けれど、今日は私の手を優しく握り、言い聞かせるように優しい声を出した。

「このままここにいたら、この前みたいに泊まることになると思うんだ」

「……別に、泊まっていってもいいですよ？」

「一回泊まったら、たぶん明日も明後日もここにいたいって思うようになる。そういうのはまだ、早すぎると思う。それに……」

　その先に続く生々しい言葉を、私はたぶん理解できていた。私には恋人がいたことがないし、経験もないけれど、付き合っている人と一晩一緒にいたとしたら、そういうことも起こってしまうのだろう。それでも私はいいと思った。一人じゃ不安になるから。彼の恋人であることの、確かな証《あかし》が欲しかった。

けれど、どれだけ甘えたとしても、悠くんは仕方ないなと微笑んではくれなかった。

「とりあえず、今日はもう帰るよ。体調のことは心配だから、明日の朝早くに戻ってくるし。それじゃ、ダメかな？」

私はしばらくの逡巡の後、渋々だけれど頷いた。わがままを言い続けて、嫌われてしまうわけにはいかない。

「それじゃあ、明日は七時にここに来てください。その時間に私も起きるので」

「うん、わかった」

「それと、これ……」

私はポケットから、銀色に輝く小さな鍵を取り出す。それを、彼の手に握らせた。

「……合鍵、もらっていいの？」

「起きられなくて寝てたら、悠くんを外で待たせちゃうので……」

寝ているときに入ってきたら寝顔を見られるかもしれないが、それでも構わない。むしろ起きた時、一番に彼の顔を見たいから。

合い鍵を悠くんは素直に受け取ってくれて、私は安堵する。

それから私は、彼のことを見送るために玄関へ向かった。そして別れ際、私を安心させるように、悠くんは頭に手のひらを乗せてくれる。

「今度、絵を描いてるところ見せてよ。実はずっと見たかったんだ」

「あ、はい。わかりました！」

「それと、僕の方が年下だし、付き合ってるんだからそろそろ敬語はやめてみない？」

そう言われて、私は口をモゴモゴさせながら「わ、わかった……」と小さく呟いた。

二つも年下の人にどうしてこんなにもドキドキしているんだと、自分を叱りたくなってくる。もっと、年上としての余裕を見せなきゃいけないのに。

けれど、誰かに甘えていると、心から安心することができて、少しだけ嫌なことを忘れることができた。

悠くんは、私の頭の上に乗せていた手のひらを離すと、それをひらひらと振ってみせる。

「それじゃあ、今日はこれで」

「うん。おやすみ、悠くん」

「おやすみ」

名残惜しいと感じたが、悠くんとの休みの日は終わった。その日の夜、私は急に体が熱くなり、激しい頭痛が襲ってきて、布団の上から起き上がることすらできなくなった。熱中症か、それとも夏風邪を引いたのかはわからない。

翌日、彼は合鍵を使って、約束通りの時間に私のそばに来てくれた。苦しそうにしている私を、悠くんは看病してくれる。次の日も、辛そうにしている私のために、ずっとそばにいてくれた。

　夏休みの間はアルバイトをしつつも、海へ行ったりプールに行ったり、浴衣を着て花火大会へ行ったりなどをして満喫する。ほぼ毎日悠くんと顔を合わせていて、人生で一番楽しい夏と言っても過言ではなかった。

　けれどそんな楽しい夏でも現実に向き合わなきゃいけなくて、そろそろ課題制作を進めなければ本気で間に合わない時期まできていた。悠くんとの毎日が楽しくて、つい時間を忘れてしまっていた。それは、ただの言い訳だ。私は絵に向き合うことから逃避して、彼のことを逃げ道にしてしまっていたから。

　それでも一人で課題を進めるのは心細くて、悠くんに共同アトリエまで見に来てほしいとお願いした。それを彼は、快く受け入れてくれた。

　アトリエの外観は、お世辞にも綺麗とは言えない。築年数がそれなりに経っている木造アパートで、美大生以外にここを使用している人はいない。

　私はアパートの二階へと向かい、一番右端の部屋のドアを開けて中を見る。玄関にはすでに女性物の靴が二足置かれていた。

　スリッパを履いて中へ足を踏み入れ、奥の方にある部屋へと入って行く。部屋の中は六畳ほどの大きさで、二人の女性がキャンバスに向き合い筆を滑らせていた。周りには作業途中のキャンバスが立てかけられていたり、絵の具が床に無造作に置かれていたりと散らかっている。ここへ来る前に、あらかじめ少しは整理をしておくべきだったと後悔した。整理したところで、みんなが絵を描き始めれば努力が全く水の泡になるんだけれど。

こちらに気づいた二人は、筆を置いて私たちを見た。私は連れてきた恋人のことを、紹介する。

「ほら、この人が悠くん。滝本悠くんだよ」

「あの、いつも梓がお世話になってます……」

悠くんが頭を下げると、二人は値踏みをするようにこちらを凝視してくる。それから、おっとりした雰囲気を漂わせているメガネをかけた女の子、美桜《みおう》がかなり遅れて驚いた表情を浮かべた。

「えっ!?　本当に梓ちゃんに彼氏さんがいたの!?」

「待って、美桜には何回も説明したよね!?」

「ずっと漫画の話してるのかと思ってた……」

そんな会話をしている私たちを見て、もう一人のサバサバとした感じの女性、麗華《れいか》がけらけらと笑った。

「あたしも信じてなかったけど、本当に梓に彼氏ができたんだね。おめでとう」

「麗華も信じてなかったの!?」

「だって、梓って男としゃべる時すごい萎縮するし。付き合うなんて夢のまた夢だと思ってた」

「酷い！」

そんなやり取りを聞いて、悠くんは笑みをこぼしていた。自分の彼女がいじられているんだから、少しは言い返してほしいと、私は頬を膨らませて抗議する。

「梓ちゃんのこと、よろしくお願いします。すごく、大変だと思いますけど」

「大変って何!?」

「そりゃあ、あれでしょ。わがままなところとか」

「うんうん。滝本さん、すごく振り回されると思うけど頑張ってね」

「わかりました」

「わかりましたって、何!?」

「わがままなところも好きだから。振り回されても、嫌だって思わないよ」

そんなことを二人がいる前で言われてしまった私は、恥ずかしさで顔が熱くなった。

嬉しいけど、嬉しいけどそういうのは二人きりの時に言ってほしい！

「ゆっくりしていきなよ。梓と話してても私たちは気にしないし」

「ありがとうございます」

勝手に麗華と悠くんは話を進めていて、なんだか大人の対応を見せつけられた気分だった。言い返してやりたかったが、うるさくして迷惑をかけるわけにもいかないため、私は気がすすまないけれど絵を描く準備を始めた。悠くんには、私が描いているのを隅っこで見学してもらう。

準備をしている最中、チラと美桜と麗華の作品を見たが、二人とも人物画を描いていて、もう下描きを終わらせて、色を塗り始めている。パッと見た限りでは、もう七割ほど進んでいる。

それに比べて私は、今から真っ白いキャンバスに下描きを描きいれていく。明らかに、二人よりも遅れている。これは言い訳のしようもなく、夏休みの前半を二人で遊んでいたからだ。いや、悠くんは何も悪くない。ここまで課題を放ってきたのは、全部私の責任だ。

今まで手をつけようとしなかったのは、絵を描くのが怖かったから。前回の課題制作の頃から、私は思ったように絵が描けなくなっていた。それでも頑張って、一応作品を提出することはできたけれど、そんな状態で描いたものがいい評価をもらえるわけがない。悠くんに励まされた後、たまにリハビリのために油画を描いたりしていたけれど、それでも現状がよくなることはなく、泥沼にハマり込んでいた。

未だ真っ白いキャンバスが、私の目の前に立って威圧してくる。事実だけを突きつけられて、冷や汗が背中を伝った。わかっていたはずなのに、今更ここにきて指先が震えだす。

そんな私の後ろで、悠くんと美桜が小声で話をしていた。その話し声は、私の耳にも届いていた。

「梓ちゃん、描き始めるのは遅いけど、いつも頑張ってちゃんと仕上げてますよ」

「そうなんですか……」

「でもメンタルはちょっと弱いので、そういう時は彼氏として支えてあげてください」

「わかりました」

悠くんが、励ましてくれる。そんな言葉に、私は勝手に期待していた。励まされたところで、絵の進み具合が変わることなんてないというのに。

自分の弱さが露呈するのが怖くて、この前ひまわり畑で撮影した写真と、スケッチブックを慌ててカバンから取り出す。スケッチブックには、キャンバスに描くひまわり畑の下描きが描かれている。

叶うならば、悠くんとひまわり畑に遊びに行った夏休みの始まりまで、時間を巻き戻したかった。そもそもひまわり畑に撮影に行ったのを、遊びに行ったと自覚している時点で、私は救いようがない。あれは、課題制作の準備のはずだったのに。

私は震える指で、木炭を持つ。こんな状態の指先じゃ、まともに下描きを描くことすらできない。心音が耳の奥まで、まるでペダルを踏み込んで、バスドラムにマレットを打ち込むように響いてくる。その音を聞くたびに、さらに鼓動が速くなっていくように錯覚して、指の震えを抑えることができなくなった。

そんな私の手に、悠くんは優しく手を重ねてくれた。凍っていた指先が氷解していくように、震えがおさまっていく。

「大丈夫だよ。頑張れば、まだ間に合うから」

「……うん」

結局彼に励まされてしまったことが、私はとても恥ずかしかった。


日が沈み始めた空は、オレンジ色に染まっている。住宅街の真ん中で、私は大きく伸びをした。

「すごい集中してたね」

「一回集中したら、あんまり途切れないの」

「それは羨ましいな」

あれから私は、それなりに絵を描くことに集中して、無事に下描きはなんとか終わらせることができた。とはいえまだまだ道は険しく、サボっていたぶんのツケは払いきれていない。

帰り道のコンビニでソーダ味の棒アイスを買い、それを食べながらまた帰路を歩く。家に泊まって行かないかと誘いたかったが、最近はしつこいと思われるのを警戒して、その言葉を飲み込んでいる。けれど、今日はすごく頑張ったんだから、少しは自分に対するご褒美が欲しかった。

「明日、この前書店で宣伝してた映画を見に行かない？　調べたら公開日だったの」

「大丈夫だけど。絵はいいの？」

「今日頑張ったから大丈夫！」

そう言って、私は笑顔を浮かべる。大丈夫な保証なんて、どこにもないのに。

「それじゃあ明日は映画を見に行こうか」

悠くんの言葉に、私は両手でガッツポーズを返した。明後日から、また頑張る。そう心の中の自分に、私は深く言い聞かせた。

映画の内容は、一匹の子猫と少女に出会う、小説家を目指す大学生の男の話だった。子猫の首にカメラを取りつけて、外の世界を見ていた少女。ある日子猫と彼が出会い、子猫に連れられて少女の住んでいる家へ向かう。そこで彼は、足に障害を抱える少女と出会った。

男は少女に恋をして、その家に通い続け介護の手伝いをする。そして外へ出られない彼女のために物語を書いて、読み聞かせる。彼は小説家を目指し、上手くいかない時は少女が励ましながら夢を追い、そして最後には二人で目標を叶えるというもの。

映画を鑑賞している時に、私は思わず涙を流してしまった。こういうストレートな物語に、私は弱い。周りの友達には、展開が読めて泣けなかったと言われることが多いが、それでも私は泣いてしまう。

映画を見終わった後も、私は悠くんの言葉で泣いてしまいそうになった。飲み終わったドリンクのカップを分別してゴミ箱に捨てながら、彼はポツリと話す。

「映画の中の二人みたいに、二人三脚で叶えていかなきゃって思った。何ができるかわからないけど、僕は精一杯梓の夢を応援するよ」

「悠くん……」

「できれば……僕らが大学を卒業した後も……」

その言葉は、別の映画の上映が終わって出てきた観客の声によって、上手く耳に届かなかった。私は「ごめん、もう一回言って」と訊き返すが、悠くんは少し照れた表情を見せるだけで、言い直してはくれなかった。

何か恥ずかしいことを言ったのだろうかと、それからも何度かしつこく訊いてみたけれど、悠くんは頑《かたく》なに教えてはくれなかった。けれど悠くんは、あることだけはハッキリと話してくれた。

「勉強をやりなさいって言われ続けて、正直嫌だったけど、今になってやっておいてよかったなって思った。ちゃんと勉強をしておかなきゃ、梓を支えることができなかったかもしれないから」

その言葉の意味がよくわからず首をかしげると、彼はまたごまかすように微笑む。

結局悠くんは、何も教えてはくれなかった。

おそらく映画ではカットされた部分もあるだろうから、帰りは書店へ寄って、ちゃんと映画の原作本を購入した。私は特に映画の内容に感銘を受けたため、ちょうど著者のサイン本が置かれていたから、観賞用と称して二冊購入した。

帰り道を歩いている時、小説の入っている袋を大事そうに抱えて、私は悠くんに言った。

「どっちが早く読めるか、競争しようね」

「早く読んだら、あんまり物語を楽しめないよ？」

「早く読んで楽しむの！　私、たぶん三回は読み直す！　他の作品もちゃんと読む！」

そんなことをする暇なんてないと、私はわかっているはずなのに。一度怠け出してしまうと、現実から目を背けてしまう。本当に私は、どうしようもない。

そして案の定、ダメな私に悠くんは優しく言った。

「実家に住んでた頃にね、勉強をしなさいってしつこく言われてたんだよ。そう言われるのが、すごく嫌だった。だけど、さ……」

悠くんは一度立ち止まってこちらを向き、また手のひらを頭の上に乗せてくれた。

そして、私は気づいてしまう。こんな風に年下扱いされた方が、心はずっと楽だということに。

悠くんは一度深呼吸をして、自分がされて嫌なことを、私に言ってくれた。

「僕、梓が絵を描いてるところ、見てたいな。昨日真剣に絵を描いてるのを後ろで見てて、かっこいいなって思ったから」

その言葉に私はほんのり顔を赤くして、目を泳がせる。

「明日は絵を描こうよ。すごく下描きが丁寧に描けてたし、きっといいものになるから。一緒に行ったひまわり畑、また梓の絵で見てみたいな。こんな風に言われるのが嫌だってことはわかるけど、やっぱり僕は梓の絵が見たいから。放っておかないで、ずっとそばにいるから。だから……」

きっとそれは、悠くんがずっと言われたかった言葉なのだろう。本当なら、私が彼に言ってあげるべき言葉なのに。

私はどうしようもないほどに、堕落してしまっていることに気づいた。恥ずかしくて、泣きたくなって、それでも私はコクリと小さく頷く。

「そ、それじゃあ明日は、ちゃんと絵描くね」

「うん。楽しみにしてる。それと、ギター弾いてるところもまた見たいな。明日絵を描き終わったら聞かせてよ」

「う、うん……」

私は急に悠くんの温もりが欲しくなって、さりげなく近づいて手を繋いだ。彼は優しくその手を握り返してくれて、私は安心したように笑みを浮かべる。

どうしようもない女の子を演じなければ、悠くんが離れていくような気がした。だから私は、心の弱い女の子を演じるしかできなかった。

もう、心を隠しておくことなんて、できなかった。

昨夜約束した通り、今日はアトリエに行って絵の制作を進めた。だけどスランプの状態で集中できるはずもなく、私は近くにいてくれる悠くんに、頻繁に話しかけてしまっている。昨日の映画の感想をもう一度話したり、夜にやっていたバラエティ番組の話をしたり。私が集中できていないのは、さすがに悠くんにもわかっていたのだろう。けれど強く言えない彼の優しさに、私は甘えてしまっていた。

このままじゃダメだとわかってはいるけれど、どれだけ描き直しても全然思ったようにできないし、疲れたのだからしょうがない。

それに、たまには息抜きも必要だ。何も進まずに、何度も絵の具をナイフで削ぎ落としているぐらいなら、外に行って気分転換をした方がいい。心が安らげば、また絵を描けるようになるかもしれないから。

　そうやっていつまでも逃げ続けていたから、バチが当たったのだろう。この日のアトリエは、美桜も麗華も不在で、別の部屋にも絵を描いている人はいなかった。二人だけのアトリエで、私は進みもしない作業を行っている。

　まだまだ塗られていないひまわりがいくつもあるし、完成には程遠い。このままのペースでは、絶対に間に合わない。私はもう、何もかも諦めてしまいたかった。

　たった一人、彼に許してもらいたかった。もう無理だから、頑張ったねと頭を撫でて、私を抱きしめてほしい。彼が許してくれれば、私は何の罪悪感を抱くこともなく、これからを過ごすことができるから。

　私はまた、キャンバスから目を背けて、背後にいる悠くんに笑顔で話しかけた。

「この前の作者の他の小説も読んでみたの。それでね」

「梓」

　私の言葉が、強い語気で遮られた。思わず体がびくりと震えたが、そんなことも構わずに、彼はまくしたててくる。

「昨日、電話で水無月から聞いたんだ。このままじゃ、期限に間に合わないって心配してた」

奏ちゃんから、聞いた。悠くんは何も悪くないはずなのに、私のいないところで秘密の会話をしていたかのように聞こえて、わずかに腹が立った。そうして、このまま私が何もしなければ、彼の心が私から離れていって、奏ちゃんに取られてしまうんじゃないかと錯覚してしまう。

そんな私の肩に、悠くんは手のひらを置く。まるで駄々をこねる子供に言い聞かせるように、言った。

「描こう。今から本気になれば、間に合うから。それで全部終わったら、気が済むまで遊ぼうよ」

「……や」

私が発したのは、あまりにか細い声だったため、悠くんの耳には届かなかったのだろう。彼は首をかしげた。

「なに？」

「……もう嫌」

それだけ言って、私は筆をバケツの中へ無造作に突っ込んだ。跳ね返った飛沫《しぶき》が、作業着に付着して染みができる。

私は立ち上がって、部屋を出て行こうとした。けれど、彼は私の手を掴んで引き止めてくる。こんな私のことさえ構ってくれるのが、嬉しかった。

「待ってよ。今から頑張って描かなきゃ、間に合わないんだよ」

「……もういい」

「もしかして、体調悪かった？」

「……別に」

「じゃあ、どうして？」

悠くんの優しさに、私の頬を一筋の涙が伝った。許してほしくて、私は涙を流す。仕方ないなと言って、抱きしめてほしかった。

「うまく、描けないの……全然、今まで通りにっ……！」

私は悲痛な声で、悠くんにその理由を伝える。もう私の瞳からは、涙があふれて止まらなかった。あふれ出した言葉は、せき止めることができずに流れ出していく。

「またダメ出しされると思うと、怖いの……自分が向いてないんだって、わかっちゃうから……」

「それでも、描かなきゃダメだよ。提出できなかったら、そっちの方が評価が下がるんだから」

「……やだ」

私は落ちてくる涙を手の甲で拭い、悠くんの肩を掴み、悲痛な視線を向ける。

「今日は、もう本当に無理なの……もしかしたら、明日には描けるようになってるかもしれないから。だから……」

今日描けないからと言って、明日描ける保証なんてどこにもないのに。ただいたずらに時間を浪費して、締め切りの期日が近づいてくるだけなのに。今までずっと、そうやって逃げてきた。悠くんが許してくれたから、私はずっと逃げてきた。

だから今回も、許してほしかったのに、今度こそ悠くんは許してはくれなかった。

「今日一日、ずっとそばにいるから。だから、少しだけでも進めようよ」

「でも、ほんとに辛くて……私、ちゃんと努力したから……」

「本当に絵の道に進みたいと思ってるなら、こんなところで迷ってる暇はないよ。仕事にしていくなら、そんなのは言い訳にならないんだから。結果の出ない努力は、許してなんてくれないんだから」

いつもは優しい悠くんが、私に初めて厳しい言葉を浴びせた。きっともう落胆して、ダメな女だと思っているに違いない。私はそんな彼から視線をそらして、当てつけのようにぽつりと呟いた。

「悠くん、怖い……」

今まで散々助けてもらったのに、私はそんな言葉を呟いてしまった。その言葉のあまりの身勝手さに、私の顔から血の気が引いていく。本当に、取り返しのつかないことを言ってしまった。

私は思わず、すがるように悠くんの服を掴む。

「ごめん、ごめんなさい……！　怖いとか、言っちゃって……！　どこにも行かないでっ……！」

ここで捨てられてしまったら、私は私がどうなってしまうかわからない。応援してくれた渚ちゃんからは愛想を尽かされ、奏ちゃんが悠くんと結ばれてしまうかもしれない。そうなってしまえば、私は一人になってしまう。

精一杯悠くんにすがりつくと、彼は私の肩に手を置いて、諭すように言ってくれた。

「ずっと、そばにいるから。だから、頑張ろう。ゆっくりでもいいから、進めよう」

私は目に涙をためて、コクリと頷いた。弱々しい足取りでキャンバスの前へと戻り、再び筆を取る。筆を取らなきゃ、本当に悠くんは私の前からいなくなってしまうから。

再び筆を持つ手が震えて、それをまた悠くんが優しく握ってくれる。今度は「大丈夫だよ」と耳元でささやいてくれた。その言葉が心の底まで染み渡ってきて、手の震えは少しだけおさまった。

それからはゆっくりと、だけど着実に絵の制作を進めていった。下描きだけだったキャンバスの上に、あの日見た風景が現れてくる。今はまだ不鮮明だけれど、きっと完成した時には一面黄金《こがね》色の景色に変わっているはずだ。

夏休みの間、悠くんは何日かアルバイトが入っているはずなのに、あの日からずっと私のそばにいてくれた。きっと渚ちゃんや岡村さんに変わってもらったのだろう。私は彼がそばにいてくれることがただ嬉しくて、みんなに迷惑をかけているという自覚なんて一つもなかった。

ある日のこと。日が沈み始めた頃に、ちょうど絵が一段落して筆を置いた。疲れがたまっていたせいか、隣にいる悠くんにしなだれかかる。そのまま気を失うように、私の意識はまどろみの中に吸い込まれていった。けれどそんなまどろみの中でも彼の声が聞こえてきて、私はその優しい声を聞きながら心を落ち着かせる。

「頑張ってるね」

誰かに、認めてほしかった。幼い頃からずっと絵を描いてきて、誰よりもそれが好きだったのに、ある時を境に私には才能がないんだと思い知らされた。高校の美術科には、私なんかよりも絵が上手い人間がたくさんいて、私はただ周りの人にちやほやされて、勘違いし続けていたのだと自覚した。

美大に落ちてから、血の滲《にじ》むような努力をした。私に才能がないことを、言い訳にはしたくなかった。才能がないと卑下するのは、努力をしないことの言い訳だから。

そんな風に努力をしてきたのに、新たに足を踏み入れた世界には、事もなげに高度な絵を描ける人たちがたくさんいて、私はいったいいつになったら追いつくことができるんだと絶望した。

　絵を描くのが好きだから始めたことなのに、いつか絵を描くのが嫌いになるんじゃないかと、私は怖くなった。

　始まりはとても些細なことだったのに、私はいつのまにか、ずいぶんと遠い場所まで来てしまった。もう、すでに引き返せないところまで歩みを進めてしまっていた。

　夢の中で、私は涙を流しているのだろうか。頬のあたりが、温かい何かで濡れてしまっている。それは、止まってなんてくれなかった。

　また、まどろみの中で、優しい声が届く。

「僕にも、梓みたいにやりたいことがあったんだよ。本当は進路だって、自分で決めたかった。けれどそれを口にすることはできなくて、だから今僕はここにいる。夢を追いかける君を見て、かっこいいと思ったんだ。僕には、できなかったことだから。だから僕は、梓のことを好きになったんだと思う」

　そんなこと、ない。引き返すのが怖くなって、今更引き返すことなんてできなくて、私は今ここにいるだけなんだから。

「僕は僕ができなかったことを、君に重ねているんだと思う。何もできないまま過ごしてきた辛さを知っているから、僕は君に頑張ってほしいと思っているんだ。それは独りよがりなことで、もしかすると君は、本当にもう絵を描きたくないと思っているのかもしれないけれど、今描いているものだけは頑張って描きあげてほしい。だって、君がひまわりの絵を描きたいと思ったのには、きっと深い理由があるから。僕にはなんとなく、その理由がわかる気がする」

私が、ひまわりを描きたいと思った理由。そんな大切なことさえも、私は今まで忘れてしまっていた。

記憶をたどれば、今でも鮮明に思い出すことができる。ひまわりの絵を描いて、初めて賞をもらった時のこと。家族が、褒めてくれた時のこと。その気持ちを思い出したくて、私はひまわりを題材に選んだんだ。

「頑張って。あと、少しだから」

その言葉とまどろみの中の記憶は、夜の闇の中へと消えていった。

ずっと絵を描いていると、精神的に辛くなるのは目に見えている。だから何時間か経って私が一度筆を置くと、休憩と称してたわいのない雑談を悠くんは交わしてくれた。未だに絵を描いている時は苦しいけれど、彼と話をする時だけは、そんな辛いことを忘れていられた。

時には休憩の方が長い日もあったり、ほとんど手が進まない時もあったが、ゆっくりと着実に完成へと近づいていている。けれど残された時間はあと二日しかなかった。

残り時間があとわずかというプレッシャーが私を追い込み、夜もなかなか眠れなくて最近は寝不足が続いている。正直、もう筆を置きたい。そもそも絵に完成なんてものはなくて、筆を置くのは描いている人のさじ加減で決まってしまう。それを妥協したとすれば、審査をする教授たちにはすぐに見抜かれてしまう。

だから、いつも妥協だけはせずに作品を仕上げてきたけれど、刻限が迫れば迫るほど、私の中で焦りが膨らんでくる。

本当に、些細なことでもいいから外へ出て息抜きがしたかったが、悠くんを落胆させたくないから、私は必死に筆を動かし続けた。

そんな時に、彼が私の肩をトントンと優しく叩いてくれる。

「梓、そろそろお昼を食べに行こうよ」

その言葉で、私はキャンバスから目を離す。描きかけの絵と、悠くんとを順番に見つめた。

「……いいの？」

「あとちょっとだからさ、最後の気分転換。残りの時間を頑張るために、ちょっと贅《ぜい》沢《たく》するのもいいかと思って。お寿司とか、どう？」

贅沢とお寿司という言葉に、私は大きく反応した。最近の食事はいつも、お弁当屋の弁当か近場のファミレスだったから、その誘惑は余計に魅力を感じてしまう。

私は迷うことなく、コクリと頷いた。

普段絵を描く時は、絵の具が付着してもいいように作業着を着ているため、外へ出るために一度着替えなければいけない。ついでにお風呂に入りたかったため、悠くんは一度部屋の外へと出てくれた。

久しぶりのおでかけだから、私は念入りに体を洗って、顔に化粧を施す。袖がヒラヒラした白のブラウスに、紺色のロングスカートをはいて、ポニーテールにまとめていた髪は、ハーフアップにまとめ直した。

全ての準備を終えて、悠くんの待っている外へと私は向かう。

「ごめん、ちょっと遅れちゃった……」

「僕の方こそ、せっかく久しぶりに出かけるのに、こんな服装でごめん」

私は変に気合を入れてしまったが、彼の服装はジーパンに白のTシャツというラフなものだった。別にそんな服装でも、全然気にしたりなんてしない。

「ううん。悠くんと出かけられるだけで、私は嬉しいから」

久しぶりにおでかけするのが本当に嬉しかった私は、悠くんにふにゃりと笑いかける。すると彼は高校生のように顔を赤くさせた後、精一杯大人ぶった態度を見せながら「ありがとう」と言ってくれた。

歩いて向かったのは、百円のお寿司を食べることができる回転寿司だ。休みの日であるため、順番待ちの人がたくさん椅子に座っていたけれど、久しぶりのデートで心の躍っていた私は、そんなことは全く気にならなかった。

やがて順番が来て、店員さんにテーブル席へと案内されると、私はすぐにタッチパネルの操作を始める。そしてサーモンのサビありを四回タップした。

「悠くんは何食べる？」

「あ、じゃあ僕、ハマチ二皿で」

悠くんの注文を訊いて、私はハマチ二皿を追加して注文する。それからお茶の粉末を湯呑《ゆの》みの中に入れて、二人分の緑茶を作った。

「ありがと。梓はサーモンが好きなんだね」

何気なくそう訊かれて、私は注文したサーモンのように顔を赤らめた。

「ご、ごめんいつもの癖で……」

「よく来るんだ？」

「うん、渚ちゃんと……」

渚ちゃんとは本当に気の合う友達で、よく二人で外食に行っている。

それから悠くんは、私が湯呑みの中の緑茶を飲んでいる時、サラッととんでもないことを口にした。

「まあ、今日は遠慮なく注文してよ。全部僕が払うから」

「えっ!?」

「この前のお礼だよ」

「この前？」

そう言われてここ最近の出来事を私は思い返してみたけれど、心当たりがなくて湯呑みを持ったまま首をかしげる。

「ほら、失恋した時に慰めてくれたじゃん。その時、梓が奢ってくれるって言ったから」

「あぁ……」

ようやく納得した私は、あの時の出来事を思い出して、またすぐに顔を熱くさせてしまう。

「って、私酔っ払っててお金払ってない……」

「覚えてたんだ」

「そこだけ、薄《う》っすらと……やっぱり今日は私が払うね」

「でも、あの時誘ってくれてなかったら、たぶんいつまでも引きずってたと思うんだ」

「それは、どうなのかな……」

「本当に、感謝してるんだよ。それに今日は、付き合い始めて二ヶ月目だから。記念日だし、やっぱり僕が奢るよ」

「あっ……」

すっかり忘れていた私は、申し訳なさで泣きたくなってくる。そして、こんなにも情けないところを見せてしまっているのに、ちゃんと覚えてくれていたんだということに、私は胸の中が熱くなった。

その拍子に、ほろりと涙が頬を伝う。

「ごめん……そんな大事なこと忘れてた……」

「ううん。一ヶ月目もお祝いしてないし、奢るための口実みたいなものだから。今日だけは彼氏っぽいことさせてよ」

不甲斐《ふがい》ない彼女の私は、今日ばかりは彼氏の好意に甘えさせてもらうことにした。

そもそも彼女らしいことを私はしていないし、迷惑ばかりかけているから、ほとんどいつもと変わらないんだけれど。

もらうものだけもらって、私はまだ何も返せていない。そうあらためて実感した私は、本当に彼女失格だなと思った。

「ごめん……悠くん……」

「そんなに謝らないでよ。僕、結構奥手だから。初めてキスした時も梓からで、いつも手を繋いでくれて、それだけで全部返してもらってるから。申し訳ないなんて、思わないで」

　本当に、彼の優しさにいつも救われている。私は一人になるのが怖いから、甘えるたびに十分すぎるほどの温もりをくれて、安心させてくれる。何も、返してもらわなくてもいいのに。私は、ただ……。

「別に、一緒にいてくれるだけで私は嬉しいよ……」

　それだけで、よかった。他には、何もいらない。プレゼントだって、この腕に巻かれたお揃いの時計だけで十分だ。遊園地とか、水族館とか、世間一般の恋人たちが行くようなところに行けなくてもいい。私はただ、あなたがいてくれればそれでいい。

悠くんはそんな私の言葉に「ありがとう」と照れくさそうに言ってくれる。

　それから頼んでいたお寿司がレーンの上から小型の新幹線に載って運ばれてきて、私たちはそれを食べ始める。いつもよりずっと落ち込んでいたけれど、美味しいものを食べ始めると、心がすっと軽くなったような気がした。それはきっと、目の前に悠くんがいてくれるからだ。

「十一月の学園祭、何の曲を演奏するか決まってるの？」

　私はサーモンをのみ込んでから、最近流行りのガールズバンドの曲名を言った。悠くんは音楽にあまり詳しくないから知らないと思っていたけれど、とても嬉しそうに
「あの曲、すごくいいよね。片思いしてる女の子の、素直になれない気持ちが伝わっ

てくるし」と、感想を言ってくれた。

もしかすると、私のために音楽を聴くようになってくれたのかもしれない。私は嬉しくなって、いつもみたいに興奮気味に話をしていた。

「だよね！　バンドのメンバーの人、みんなあの曲が好きなの。早く練習したいなぁ」

そう言いながら、私は左手の指で弦を押さえる動作をする。もうある程度、指の動きは頭の中に入れてある。絵を描くのをサボっていた時に、身につけたものだから、褒められはしないけれど。

「でも楽しみだけど、ちょっと緊張もしてるの」

「どうして？」

「私、弾きながらボーカルもやることになってるから」

「うわ、それは大変だ」

「しかも、今回が初ステージ」

「それは緊張しちゃうね」

初ステージでギターとボーカルを任せてくれるなんて、予想もしていなかった。一応バンドの中ではギター兼ボーカルという立場だけれど、下手くそだからボーカルは別の人に頼むのかと思っていたから。

「それじゃあ、頑張らないとだね」

「うん」

「ステージの下から応援してるよ」

「ありがと」

嬉しくて、私は笑みを浮かべる。たぶん学園祭の本番が近づくにつれて、練習時間が増えていき、一緒に会う時間は少なくなる。それは少し寂しいけれど、学園祭を見に来てくれるならば、そんな寂しさは我慢できる。

お寿司を食べ終わった私たちは、たわいない会話を交わしながら、遠回りをしてアトリエへと戻ってきた。再び作業着へと着替え、後はひたすら絵に打ち込む。

相変わらずスランプで、思うように筆が進まなかったが、それでも私はキャンバスに向き合い続けた。そして夏休み最終日の、午後二十二時。私は唇を噛み締めて、筆をバケツの中に静かに置いた。

その小さな音で、ウトウトし始めていた悠くんが目を開く。目の前のキャンバスには、あの日二人で見たひまわり畑が広がっていた。

「もう、完成したの？」

私は再び唇を噛み締めながら、控えめに頷いてみせる。そしてわずかに震える声で、うかがうように悠くんに訊ねた。

「……悠くんは、どう思う？」

彼はキャンバスの上のひまわり畑を見て、目を輝かせる。あの時見た景色は、ちゃんとそこにあった。

「すごく、いいと思った。頑張ったね、梓」

そう言うと、悠くんは私の頭の上に手のひらを乗せてくる。これで辛かった現実から解放されるのかと思うと、涙があふれてくる。

自分の性格の悪さを痛いほどに自覚して、涙があふれてくる。わずかに緩んだ心の隙間から、その言葉は声となって漏れてきた。

「私も、これでいいと思う」

そう言って、使った画材を整理する。早く部屋へ戻って、明日に備えて寝なければいけないから。ここまで頑張ったのに、寝坊して提出期限に間に合わないとなったら、努力が水の泡になってしまう。

だから、早くここから去らなきゃいけない。

「……僕、帰るよ」

悠くんは突然そう言って、片づけをしている私のそばから立ち上がった。私は慌てて、歩き出そうとする彼の背中に声をかける。

「もうちょっとで片づけ終わるから。あと少しだけ待ってて」

こんなに頑張ったんだから、最後はやっぱり笑いながら一緒に帰りたい。そう思って声をかけたけれど、こちらを振り向いた悠くんの目は、一つも笑ってなんかいなかった。その冷たさに私の体は凍りつき、声も発することができなくなる。

彼は冷たい声で、私に訊ねた。

「本当に、これでいいの？」

「な、何言ってるの……？　もう、これで完成だよ……」

私がそう言うと、短く息を吐いた後、また冷たい声を投げかけてきた。

「見損なったよ。そういうことだけは、しない人だと思ってたのに」

それだけ言うと、悠くんは私を置いて玄関へと歩き出した。私は慌てて立ち上がり、引き止めるために彼の手を握る。

「待って、悠くん……どうして、怒ってるの……？」

「こんなに頑張ったのに、最後に梓が嘘をついたからだよ」

「嘘……？」

「まだ、完成じゃないんでしょ？」

悠くんは、私の後ろにあるキャンバスへ冷たい視線を向ける。それが図星だった私は、彼の服を掴んでいた手を握る力もなくなって、呆然としたまま膝を床につく。

「頑張って描いた作品を、これでいいなんて言葉で終わらせるわけないよね。初めて出会った時の梓は、間に合うか間に合わないかギリギリの時間まで、絵の制作に打ち込んでた。僕が好きになったのは、そんなに弱い君なんかじゃ、なかった」

私を見下ろす悠くんの瞳は、どこまでも暗い色をたたえていた。私の目はきっと、絶望の色に染まっている。

優しい彼の逆鱗《げきりん》に触れてしまった。どんなことがあっても怒らないのだと、私は勝手に思い込んでいた。どんなことをしても笑って許してくれて、私の頭を撫でてくれる都合のいい人なんて、いるはずがなかった。

悠くんだって人間だ。許せないことがあれば怒るし、誰かのことを嫌いにもなる。私はそんな当たり前のことさえ、理解できていなかった。

「僕がいるのは邪魔だと思うから、残りの時間を使って一人で描いてよ。もう、戻ってこないから」

そう言い残して、私のことを振り返りもせずに、悠くんは玄関のドアを開けて外へ出て行った。私はもう、追いかけることすらできず、床の上から立ち上がることもできない。

誰もいなくなった部屋の中心で、私は声を上げて泣いた。

彼に嘘をついた罪悪感と、見捨てられてしまった絶望感で、私はしばらく部屋の中で声を上げて泣いた。もう、大人だというのに。恥も外聞もなく、私は泣き続けた。

子供の頃のように、泣くことで助けてくれる人なんて、もういない。大切な人は、私の前からいなくなってしまったのだから。

私はこの期に及んで、甘えを捨てきれなかった。たとえ上手くいかなくても、優しい彼なら許してくれる。彼さえ許してくれるならば、私はそれでよかったから。

私は、絵を描くことに向いていない。ふとしたことでスランプに陥ってしまうし、精神的にも未熟であるし、何よりもまず技術が足りない。絵を描いて生きる道を志してはいたけれど、心の奥底では無理だと決めつけてしまっていた。彼が、応援してくれていたというのに。

唯一の支えであった彼がいなくなった今、私はもう、再び立ち上がることもできなかった。涙は枯れてしまい、膝を床に擦《す》りながら部屋へと戻る。キャンバスの上に、あの日見たひまわり畑が描きかけのまま残っている。もう、それを見ることすら嫌だった。

彼のあの落胆した目を思い出すたびに、枯れてしまったはずの涙があふれ出してくる。二度目の浪人が決まった時、お母さんもあんな表情を浮かべていた。私に失望した、目。普通の大学へ入れば、一生あの視線を向けられるのかもしれないと、私は怯《おび》えた。だから美大へ入るために、必死に絵を描いた。そうする以外に、道はなかった。

私というのは、そういう人間だ。ぬるま湯に浸《つ》かり続けてきたから、土壇場になって本気を出すことができない。いつまでも、甘えてしまう。相手の顔色をうかがってしまう。育ってきた環境がそうしたのではなく、これは言い訳することなんてできない、私自身の問題なのだ。

今も、この絵を完成させれば、また彼が戻ってきてくれるんじゃないかと、甘い考えを持っている。どんなに優しい彼でも、嘘をついた私のところに戻ってくる保証なんて、どこにもないというのに。

不意に私の視線は、部屋の隅に置かれているバッグにそそがれる。その中には、彼がプレゼントしてくれた時計が、絵の具で汚れてしまわないように大事にしまってある。私はバッグのそばへ行き、中にある時計を取り出した。この時計を見れば、彼と過ごした瞬間をすぐに思い出すことができる。けれど時間は止まってはくれなくて、ただ無慈悲にあの瞬間からどんどんと離れていってしまう。

私はその時計を、強く胸に抱いた。

もう一度だけ、会って謝りたい。今更許してほしいとは思わないから、ただ謝りたかった。嘘をついたこと、甘えてしまったこと、迷惑をかけてしまったことを。大切な人だから。

私なんかのために時間を使ってくれたことを、もっと深く受け止めるべきだった。それが当たり前じゃないと理解できていれば、あんな最低なことをやろうなんて思わなかった。

　再びキャンバスへ近づいて、バケツの中に突っ込んだ筆を取る。指先が震えていたけれど、もう支えてくれる人はいなくなったけれど、それでも私はしっかりと握った。

いつかの私は、消去法だけれど、絵を描いて生きていきたいと決めたのだ。そんな過去の私に、恥ずかしい姿は見せられない。そして、応援してくれた人がいる。こんな私を支えてくれてありがとうと、悠くんにお礼が言いたかった。

　あんなに限界を感じていたはずなのに、いつのまにか眠気は吹き飛んでいた。私は、私の弱い心と向き合う。強く、心に誓った。

　あの日、私のアトリエに満開の桜が咲いた日。弱い自分に負けたくなくて、時間ギリギリまで作品の完成度を高めようと努力した。結果的に満足のいく作品ができたけれど、時計を見るのを忘れていて、提出時間には間に合いそうになかった。

　本当は、ちょっとぐらい遅れても、教授は許してくれる。完成していなくても、成績は下がるけれど、少しだけ期限を延ばしてくれる。それでも完成度と期日にこだわったのは、弱い自分に負けたくはなかったから。

　自分で決めた道だから。夢も目標もない私が決めたことだから、中途半端で終わらせたくはなかった。

けれど。どうして私は、こんなにも弱くなってしまったのだろう。あの時の私なら、血反吐《ちへど》を吐いてでも絵に向き合ったというのに。

それはきっと、悠くんのせいなんかじゃない。弱い心を持った私が、彼に依存しようとしたから。依存していれば、何も考えなくていい。彼に身を任せていれば、それでいい。もう、辛い思いをしなくてもいいから。

もし叶うのならば、もう一度だけ、初めからやり直したい。今度は依存なんかせずに、対等に彼と向き合いたい。そのために、私はこの絵を時間通りに提出しなければいけない。

けれど、私はまた作品に集中してしまい、時計を見るのを忘れてしまっていた。もう、どれだけ走っても期限には間に合わない。反射的にスマホを握りしめていた私は、思わずハッとした。

踏みとどまれてよかったと、心の底から思う。きっとその先に進んでいたら、私は取り返しのつかないほどの大馬鹿者になっていただろうから。もう迷うことなく、スマホを投げ捨てる。それから勇気をもらうために、彼がプレゼントしてくれた時計を身につけた。

もう間に合う時間じゃないけれど、それでも私は美大へ向かうために玄関を飛び出した。

あの時も、私は同じ道を走った。間に合わないとわかっていたのに、泣きながら地面を蹴っていた。そんな時に、私のやや前方に車が停まった。

そして、彼は言ったのだ。

「梓」

彼はもう一度、私の名前を呼んでくれた。

《悠》

彼女ならば、僕がいなくなれば再び絵を描くと思っていた。だけど時間には間に合わず、提出が遅れて、一度現実を見ればいいと思った。そうすれば反省をして、今度こそは真剣に取り組んでくれると考えたから。

梓をあそこまで追い込んでしまったのは、僕自身の責任でもある。僕がもっとしっかり、梓のことを導けていたなら、こんなにもギリギリになることはなかったかもしれない。

嫌われるのが怖くて何も言えなくなることと、優しくすることは、必ずしも相手と向き合っていることにはならない。それでも、傷つけることでしか梓を前に進ませられなかった僕は、本当にダメなやつだ。一歩間違えていれば、心が完全に折れてしまって、もう二度と立ち直ることもできなかったかもしれない。

けれど、それでも折れずに立ち向かったのは、梓の心がとても強かったからだ。傷つけた僕が言えることではないが、梓のことを信じて本当によかった。

梓を傷つけた僕は一度アパートへ帰って、車でもう一度アトリエへ戻り、見えない位置から様子をうかがっていた。何度も梓がプレゼントしてくれた時計で時間を確認して、無事に完成するのをただジッと待っていた。

そして、梓がまだ車を走らせても間に合う時間に出てきてくれて、僕は心底安心した。大きなキャンバスを持って走る梓の背中に、心の中で頑張ったねと伝えてあげる。

絵を描きあげたなら、教授にダメ出しをされたとしても、僕だけは梓の絵を褒めてあげなきゃいけないと思った。過程や結果も含めて全部。また、梓が絵を描きたいと思ってもらえるように。

僕はあの日と同じように、一生懸命道を走る梓の少し前に停まり、今度はちゃんと「梓」と名前を呼んであげる。すると彼女は立ち止まり、僕の方を向いた。

もう何も言わずに車を路肩へ停めて、梓と一緒に絵を持ってあげる。そのキャンバスは、前に持ったキャンバスよりも、とても重く感じた。

「ごめん、梓。酷いこと、言っちゃって」

「あっ……」

キャンバスを持つ梓の瞳が大きく揺らめいたかと思えば、次の瞬間からは大粒の涙があふれ出した。けれど重たい絵を持っているため拭うこともできずに、涙は頬を伝って地面へと落ちていく。

今の梓は、誰がどう見ても、やりきったという表情を浮かべていた。だから僕は、これを運び終えて、たとえ合評会で酷評されたとしても、褒めてあげなきゃいけないと思った。他の誰でもない、僕が一番彼女の頑張りを知っているから。

それから僕は、梓の描きあげたあのひまわり畑を見せてもらった。大地に根ざした自由の象徴が、自らを主張するように空を見上げている。結果が伴わなくてもいい。結果だけが、全てじゃない。絵を描くことが好きだという事実さえ忘れなければ、夢を追いかけ続けられる。誰かと比べる必要もない。自分は自分なのだと誇っていい。その絵を見ていると、僕をそんな気持ちにさせてくれた。

そういう大切なことを教えてくれた梓に、僕は何か贈り物をしたいと思った。

何か、梓に対してしてあげられることはないかと僕は悩む。そしてすぐに、十一月の二十四日は彼女の誕生日であることを思い出す。本格的に冷え込み始めるちょっと前。やがて冬が訪れた時に、梓が寒さで凍えてしまわないように、守ってあげられるものが必要だ。

僕が梓にしてあげられる、一番のこと。喜んでくれるかどうか、正直わからない。高校生の頃、水無月は泣くほど喜んでくれたけれど、一歩間違えれば重いと言って引かれていたかもしれない。

だけど、それでも梓に僕という人間を知ってほしかった。そして今までずっと黙ってきたことを話そうと、ようやく僕は心に決める。

梓のために、マフラーとコートを手作りしようと、僕は密かな決意を胸に抱いた。

第五章　二人の幸せの向こう側

《悠》

僕がまだ小学生の頃。母が兄の洋服のボタンに、糸を通しているところを間近で見ていた。それは夏休みの、何でもない一日。

どうやら兄は、木登りをしている時に不注意で、木の枝にボタンを引っ掛けてしまったらしい。危ないことをするなと母は叱って、そのボタンを直す時も不機嫌そうに眉をひそめていた。

『あの子、自分で直しなさいって言ったら、そんな難しいことできないって。悠も、もう授業で習ったんじゃないの?』

何気なく、母は僕にそう訊ねてくる。ボタンをつける授業なんて、一年も前に終わっていたからすぐに頷いた。

すると母は針と僕とを交互に見て、『お母さん洗濯物干さなきゃいけないから、代わりにやっといてくれない? 晩ごはんは多めによそってあげるから』と、微笑みながら言った。それは魅力的な提案だと僕は思い、母から糸と針をもらって、それから一人で作業を進めた。

こんなに簡単なこともできないなんて、兄はとても変わっている。何もかも負けていた僕だけれど、唯一勝っている部分が見つけられて嬉しかった。妹の菜央《なお》も興味深げにこちらへやってきて、『すごい、ママみたい』と褒めてくれた。

洗濯物を干し終わった頃には、すでにボタンをつけ終わっていた。そんな僕の頭を、母は優しく撫でてくれたのを今でも覚えている。僕はただ、単純に嬉しかった。

それに味をしめた僕は、それから裁縫について調べ始めた。縫い方にもいろんな種類があることを知り、その知識が自分の技術となっていく快感が、忘れられなかった。

小学六年生の夏休みの工作では、かぎ針を使って一人で毛糸のマフラーを編んだ。課題難しかったけれど、自分の一番好きなことだったから、僕は真剣に取り組んだ。課題を提出した時、先生は驚きで目を丸め『これ、本当に滝本くんが作ったの？』と訊いてきた。男の子からは、『お前女かよ！』とからかわれたけれど、女の子からは『すごい！　私も作ってみたい！』と、ほんの少しだけ注目された。

小学生の時点で、ある程度ミシンは使えていたから、中学二年生の頃には簡単なTシャツを自作できるようになっていた。型紙はネットに落ちていた無料のフリー素材を使ったけれど、一から一人で縫製を行った。

そして高校生になった僕は、服飾業界で働くことを夢見るようになっていた。服に関わることができるならば、デザイナーでもパタンナーでも、それこそ縫製担当でもよかった。自分の好きなことを夢にしない方がいいと言われているが、服飾以外に自分の将来を思い描くことはできなかった。

けれどいい大学へ通い、いい企業に就職することを両親が望んでいることは、その時の僕には理解できていた。男の僕が、服飾の専門学校や大学へ通いたいなどという戯《ざ》れ言《ごと》を言った日には、頭がおかしくなったのかと思われていただろう。だから僕は趣味と割り切って、進路として選びはしなかった。

水無月奏と出会って、誕生日のプレゼントを考えている時、初めて誰かに自分で作ったものをプレゼントしようと思い立った。正直恥ずかしかったけれど、自分の一番得意なことの方が、心がこもると思ったから。普段より質の高い毛糸を使って、丁寧に彼女のためにマフラーを編んだ。重いと言われるかもしれないと不安だったが、それでも僕はマフラーを編んだ。

結果的に水無月は、僕のプレゼントを泣くほど喜んでくれた。こんなに心のこもったプレゼントは、初めてですと。

その時僕は、初めて誰かのために何かを作ることの喜びを知ってしまった。

＊　＊　＊

結果的に梓が合評会で提出した作品は、あまりいい評価をもらえなかったらしい。

けれど今度はほどほどに落ち込んだ後、次こそはもっといい作品を描くと、前向きな目標を口にした。あの辛く厳しい日々が、彼女の内面を大きく変えたのだろう。梓の瞳は、まっすぐ前を向いていた。

あの日から、もう一つ変わったことがある。それは、梓が僕の住んでいるアパートに、一緒に住むようになったこと。いわゆる同棲というやつで、夏休みが終わった後に、僕から提案をした。

夏休み中、どこかへ遊びに行く時とアトリエにいる時以外は、ほとんどの時間をどちらかの部屋で過ごしていた。それならば、お互いに同じ部屋に住んだ方が効率がいい。梓は共同アトリエの家賃も払わなくてはいけないため、一緒に住めば少しは出費が減る。そんな言い訳を、僕はつらつらと述べた。

前に僕が、一緒の部屋に泊まるのはまだやめておこうと言ったから、梓は本当にそれでいいのかと悩んでいた。自分でも、矛盾しているとわかっている。けれど、彼女としっかり向き合うと決めたのだから、仕方がない。ずっと梓のそばにいたいという自分の気持ちは、偽ることはできなかった。

そうして、引っ越しの諸々の作業が終わった初めての夜。僕と梓は以前よりも、深く心が近づいた。お互い初めてで、照れくさくて、朝起きた頃には幸福感に包まれていたけれど、それが理由で大学をサボるようなことはしなかった。梓は起き上がると、僕に一度だけキスをして、朝ごはんを作り、身支度を済ませてから一緒に部屋を出た。梓と一緒に暮らすことになっただけで、世界は大きく変わり始めた。

今度の合評会は、翌年の一月末にある。十月の今から取り掛かるのはさすがに早いと思ったが、梓はやる気に満ちあふれていたため、僕は特に何も言わなかった。きっと、前回までの反省を今度こそ生かしているのだろう。僕は心の中で、梓に頑張れとエールを送った。

十一月には学園祭があるため、絵の制作と同時進行でギターの練習をしなければならない。毎日夜は疲れ果てた表情をしていて、休日はアトリエに向かうことも多いけれど、一度も泣き言を言うことはなかった。梓は精一杯、頑張っている。

そんな彼女の姿を見ていると、僕も自然と力が湧いてきた。マフラーは空いた時間を使って数日で編むことができたが、コートを作るのには少々時間がかかる。梓にバレないように進めなきゃいけないし、仮に夜にミシンの音を響かせていたらご近所迷惑になる。ミシンを使えるのは大学が早く終わった日と、梓がアトリエにいる休日だけで、なかなか作業は進まなかった。

そもそも、コートは今までに一度しか作ったことがなかったし、あまり経験値が足りていない。幸いなことにこちらの部屋へ引っ越してきた時に、梓が冬に着るコートも持ってきていたため、サイズはそちらを参考にさせてもらった。自分の彼女が着ている服をまじまじと観察するのはよくないと思ったが、これぱかりは仕方がない。丁寧に、慎重に、一針一針心を込めて、裁断した布を縫い合わせていく。毎日着るものだから、出来の悪いものを作るわけにはいかない。梓が絵に全ての時間を注いだように、今度は僕が頑張らなければいけない。

孤独な戦いは続いていき、いつのまにか美大の学園祭の前日となっていた。明日は梓がステージの上に立ち、ギターを弾きながら歌う日。今から明日のステージを想像すると、期待で胸が膨らんでしまう。

たまにしかしないことだが、今日は梓の代わりに僕が夕食を作った。明日のために、ゆっくりと休んでほしいから。お互い風呂に入って、今も僕は彼女の長い髪をドライヤーで乾かしてあげている。お風呂上がりの梓の匂いは慣れてきたけれど、こうも近づきすぎると、いつもより自分の胸の鼓動が速く感じられた。手櫛《てぐし》で髪をすいていると、彼女は眠たそうに大きくあくびをする。

「まだ九時だけど、もう眠い？」

「うん。今日は最後の練習で、いつも以上に張り切っちゃったの」

「緊張とかしてない？」

「絵の締め切りに追われてた時の方が、緊張してたから。もちろんちょっとは緊張してるけど、それ以上に明日が楽しみなの」

「上手く弾けるようになったから？」

「ううん。大好きな悠くんが、見に来てくれるから」

彼女の言葉が嬉しくて、僕は胸が熱くなる。同時に照れくさくもなって、黙っていると梓にくすりと笑われた。

「悠くん、照れ屋だよね」

「褒められるのとか、あんまり慣れてないんだよ。そういうこと言われると、どうすればいいか困っちゃう」

「素直に受け止めればいいんだよ。私の悠くんに対する気持ちは、本物だから」

そう言われても、僕に向けてくれている愛情を自覚するたびに、動揺で言葉が出なくなってしまう。もう少し、自分に自信を持たなきゃいけないのだろう。

「明日、梓のライブが終わった後、結構時間あるよね？　学園祭どこ回る？」

「私、オムライス食べたい。友達が模擬店出してるの」

「じゃあ、そこ行こっか」

「あとね、麻婆豆腐」

「食べてばっかりだね」

「だって去年の学園祭で食べたもの、全部美味しかったもん。麻婆豆腐は中華料理屋でバイトしてる人が作るんだよ？　絶対美味しいって」

「なんか本格的だね。さすが美大って感じがする」

「それ、どういう意味？」

「いろんなことに一生懸命ってイメージがあるから、遊びも本格的にやるのかなって」

僕の通っている大学は学生数が多いが、学園祭はそれほど盛り上がっていない。大学が山奥にあるから、お客さんがあまり来ないのだ。学生も、遊びよりも勉学を優先させる人が多いというのも、一因としてある。だから他校の、ましてや美大が開催する学園祭は、楽しみで楽しみでしょうがない。もしかすると、今日の夜は眠れなくなるかもしれない。

梓はふと、自分の左手を見つめる。左手の指先は、おそらく皮がむけて硬くなっているのだろう。

「明日、上手く弾けるかな」

「弾けるよ、きっと」

「弾けなくて落ち込んでたら、私のこと慰めてあげてね」

「うん。一晩中、付き合ってあげるよ」

そう言って、僕はドライヤーのスイッチを切る。彼女の髪を指先ですくい、無事に乾いたことを確認した。とてもサラサラな髪は、いつまでも触っていたくなるような甘い匂いを放っている。

僕は唐突に、後ろから梓のことを抱きしめた。

「わ、大胆」

「そう？」

「悠くん、自分からそういうことあんまりしないから」

そういえばそうだなと、僕は自分で納得する。これも、自分に自信がないからなのかもしれない。

「梓は、こういうことするの慣れちゃったよね」

「そうかな？」

「付き合う前は、手を繋ぐだけで赤くなってたのに」

「今はドキドキっていうより、悠くんに触れてると安心するから」

そんなことを言われて、逆に僕の方が照れくさくなる。それをごまかすように、梓のことをより一層強く抱きしめた。

「あっ、照れちゃった？」

「そ、そんなことない」

「わかるよ。悠くんのこと」

からかうように梓に言われ、恥ずかしさが増してしまう。どうにかして彼女に仕返しできないかと考え、僕はいいことを思いついた。正直自分も恥ずかしいが、それを押し殺して、梓の耳元で僕は呟いた。

「お互いに大学を卒業したら、結婚しようよ」

「えっ⁉」

予想通りの反応が返ってきて、僕は嬉しくなる。正直、密かに考えていたことだから、嘘をついたことにはならない。

「だって、卒業したら梓は二十四歳でしょ？　そういうの、考え始めてもおかしくない時期だと思う」

「そ、そんな先のこと、まだ考えられない……」

「僕がそうしたいなって、考えてるだけだから。梓と、卒業した後も一緒にいたい。その意思だけ、今は伝えさせて」

「う、うん……」

コクリと、梓は頷いてくれる。それから僕だけに聞こえるかすかな声で、「嬉しいよ」とささやいてくれた。

体育館の前面には大きなステージが設置されていて、様々な照明器具が取りつけられている。二日目に有名なアーティストを呼んでライブをするらしく、そのために業者が設置したそうだ。そんなステージの中心に、梓はギターを持って立っている。その姿はさながら、本物のプロのようだった。

梓の後方にいるドラムの担当が、スティックを打ち鳴らす。それを合図に梓はギターの弦をかき鳴らし、体育館にメロディが響き渡った。最近はやりのドラマの主題歌。あまりに有名なその曲は、前奏からすでに観客の心を鷲掴《わしづか》みにして、会場が歓喜の声に包まれた。

その中で一番目立っている梓が、マイクを通して歌を歌い始める。緊張なんて感じさせない、堂々とした歌いっぷりで観客を沸かせ続けた。

梓は、誰よりもかっこいい。きっとここにいる多くの人が、多岐川梓という女の子のファンになっただろう。僕も初めて梓の弾き語りを聴いた時から、彼女のファンになっていた。

素人目に見て一つもミスをせずに、梓の短いステージは終わった。いそいそと片づけを始めたかと思えば、今度は別の軽音部員たちが現れて演奏の準備を始める。その演奏を聴くのもいいと思ったが、梓と待ち合わせをしているため、あまりゆっくりはしていられない。

僕は再び鳴り始めた音楽を聴きながら、体育館の外へと出た。

梓とは、校門付近で待ち合わせということになっている。僕がそこに着いて五分ぐらい経った頃に、小走りで彼女がこちらに近づいてきた。全体的にパステルカラーでまとめていて、とても似合っていると思ったが、急いで着替えてきたのか、羽織りものが乱れている。

「ごめん、遅れちゃった」

「そんなに急がなくてもよかったのに」

言いながら、僕は彼女の服を整えてあげた。

「悠くんを待たせるのはよくないと思って……」

「別に気にしないよ。時間はたくさんあるんだし」

まだ時刻はお昼時で、夜の九時頃まで学園祭は終わらないらしいから、時間がなくて回れないということはないだろう。

「それより、演奏すごかったよ。思わず飛び跳ねちゃってた」

「うん。ずっと見てた。悠くん、すごいノリノリだったね」

ステージの上からずっと見られていたのかと、僕は少し恥ずかしくなった。よくよく思い返してみれば、初めから梓はこちらばかり見ていた気がする。

「納得のいく演奏はできた？」

「まあまあかなぁ。途中、二回くらいドラムの音から外れちゃったし」

「そうなんだ、全然気づかなかった」

「悠くんのこと見てたら微笑ましくなっちゃって。何回か集中力が途切れちゃったの」

くすりと梓は笑うが、僕はやっぱり恥ずかしかった。けれど恋人が出演するライブなんだから、いつもより興奮してしまうのは仕方がないと思う。

梓はそれから、自分の腕を僕の腕に絡めてくる。手を繋いでいる時よりも密着して、心拍数も少し上がった。

「悠くん、オムライス食べに行こうよ」

「待って、これ恥ずかしすぎない……？」

「いいの。二人で遊ぶの久しぶりだし」

梓はとても美人だから、僕らの横を通り過ぎる人たちは、ほとんどの人がこちらを見てくる。これは、かなり恥ずかしい。けれど彼女がそうしたいなら、僕はちょっとぐらいの羞恥を耐えようと思った。久しぶりの、お出かけなのだから。

オムライスを販売している店へ向かい、店員さんに注文してお金を払うと、程なくしてプラスチックの容器に入ったオムライスを手渡してくれる。さすがにそれを持ちながら腕を組むことはできないため、梓は絡めるのをやめてきたが、肩が密着しそうな距離から離れることはしなかった。今日はとことん、僕のそばにいるつもりらしい。

どこか食べられる場所はないか探していると、不意に聞き慣れた女の子の声が後ろから聞こえてきた。

「先輩、こんにちは」

振り返ると、そこには水無月がいた。そして隣に別の女の子がいることに気づき、僕の心臓は急に早鐘を打ち始めた。

「滝本先輩、お久しぶりです」

にこりと、牧野遥香は愛想のいい笑みを浮かべる。牧野はあの頃と、かなり雰囲気が変わっていた。髪はほんのり茶色に染められていて、かけていたはずのメガネはなくなっている。おそらく、コンタクトレンズに変えたのだろう。内気そうな雰囲気は、綺麗さっぱり消え去っていた。

僕は驚きつつも、なんとか声を出した。

「ひ、久しぶり、牧野。なんか、雰囲気変わったね」

「はい。大学に入ってから、ちょっとイメチェンしようかと思いまして」

こんなにも短期間で、人は変わってしまう。もうあの頃の牧野じゃないということが、なんとなく寂しかった。

牧野は僕の隣にいる梓に気づくと、軽く会釈をした。梓はそんな牧野に、微笑みを返す。

「こんにちは。多岐川梓です。悠くんと、お付き合いさせていただいてます」

「あ、こ、こんにちは……」

「奏ちゃんとも、仲よくさせていただいてるんです」

牧野は僕と梓とを交互に見ると、隣にいる水無月に小声で話しかけた。けれど、その声はこちらへ聞こえてしまっている。

「ちょっとちょっと、滝本先輩にあんな美人な彼女ができたなんて聞いてない」

「うん。まだ言ってなかったから」

「そういうこと、もっと先に言って！」

半年ほど前に水無月から、牧野はまだ僕のことが好きだと聞かされていた。その僕が梓と付き合っていることを知ったら、軽く落ち込むかと思ったけれど、違った。牧野は落ち込むというよりも、ただ驚いているだけだった。

水無月は僕の方を見ると、安心したような笑みを浮かべた。

「交際は順調みたいですね。よかったです」

「うん。奏ちゃんのおかげでね」

そう言うと、梓は腕につけていた自分の時計に、優しく触れる。僕の方にも、お揃いの時計が巻かれている。それは水無月が選んでくれたもので、牧野はそれに気がついたのか納得したように頷いていた。

「お二人とも、すごいお似合いですね」

「ありがとうございます」

「いつから付き合い始めたんですか？」

「夏休み前です。悠くんの方から、告白してくれたの」

僕は照れくさくなり、思わず頬をかく。牧野はそんな僕に対して、からかうような視線を向けた。

「先輩、案外やりますね。こんな美人な先輩をゲットするなんて」

「ねえ遥香、そろそろ行こ。先輩たちデートしてるから、邪魔するのよくないし」

返答に困っていると、タイミングよく水無月が話を切り上げてくれた。水無月に感謝の視線を向けると、どういたしましてという風に微笑んだ。それから二人は会釈をして、僕らの前から離れていく。

けれど僕は、水無月の背中に声を投げかけていた。

「水無月！」

僕に呼び止められた水無月は、こちらに振り返り首をかしげる。

「どうしました？」

「この前は、ありがとう」

水無月が、梓の絵の進み具合が芳しくないことを指摘してくれなければ、もしかすると期日までに完成していなかったかもしれない。本当に、水無月には助けられてばかりだ。

「先輩、今は前よりちょっと男っぽいですよ。梓さんの彼氏、立派にやれてると思います。これからも、二人で幸せに過ごしてください」

水無月は僕たちにそんなエールを送ると、牧野と二人で学園祭の人ごみの中に消えていった。それを見送っていると、梓は僕の服の袖を優しく掴んでくる。

「悠くん、案外女の子の知り合い多いんだね」

「知り合いっていうか、後輩だよ」

「ふーん」

先ほどの大人びた対応から打って変わり、梓は子供みたいに唇をとがらせた。もしかすると、嫉妬しているのだろうか。そんなことを考えていると、彼女は自分からその理由を話してくれた。

「奏ちゃんは悠くんの後輩だから大目に見るけど、他の女の子と話してるの見ると、ちょっと不安になる」

「何で?」

「なんか、流されやすそうだから……」

僕はそんなにも信用がないのだろうか。梓以外の女の子に浮気をするなんて、ありえない。彼女を安心させるために、僕はまだ伝えていない高校時代のことを話すことにした。

「高校生の頃に、あの子に告白されたんだよ」

「え⁉」

「でも、断った。前にも話したけど、その時に好きな人がいたから。だから僕は、流されるような人じゃないよ」

それを聞いて少しは安心してくれたのか、ほっと胸を撫で下ろしている。そんな可愛い彼女を見て、僕は微笑ましくなった。

「でも梓がそう言うなら、気をつけるよ。流されたりしないように」

「……ありがと」

突然しおらしくなった梓は、昇降口前にあるベンチが空いているのを見つけると、駆け足でそちらへと向かった。彼女も彼女で、照れているのが丸わかりで面白い。

それから二人でオムライスを食べようとしたが、梓は思い出したように立ち上がると、「ちょっと待ってて」と言い残して屋台の方へと走って行った。程なくして戻ってきたと思えば、その手には缶酎ハイが二つ握られている。

「モモとメロン、どっちがいい？」

「メロンかな。ここの学園祭ってお酒売ってるんだね」

「うん。珍しいでしょ？」

言いながら、梓はモモの缶酎ハイを開けて、僕の缶に近づけてくる。ぶつかった時にカツンという音が鳴り、梓は「乾杯！」と元気に言った。

「一杯だけだよ？」

「わかってるって。悠くんに迷惑はかけられないから」

お酒を飲む時に一応釘を刺しているが、梓は二杯目は毎回飲まない。焼き鳥屋でのことが、よほど恥ずかしかったのだろう。

梓は貴重な一缶を大事そうに飲み干して、いつものように顔を赤くした。僕の方に距離を詰めてきたかと思えば、お互いの肩を密着させながらオムライスを食べ始める。

「梓って、本当にお酒が好きだよね」

僕もオムライスを食べながらそう言うと、彼女は口元を緩めて幸せそうな表情を見せた。

「少しアルコール入ってた方が、悠くんに素直になれるから」

「そんなこと、気にしなくてもいいのに」

「私は気にするの。もっと、甘えたいっていうか」

突然飛び出した彼女の本音に驚いたけれど、嬉しかった。そんなことを考えてくれていたなんて、知らなかったから。

けれど急に、梓は表情に影を落とす。僕は黙って、彼女が話してくれるのを待った。

「初めにお酒を飲み始めたのは、絵が上手くいかなかったからなの。いろんなこと、忘れたくて。アルコールが入ってれば、嫌なこと全部忘れられるから」

そんな風にお酒を使っていると、そのままずるずると呑まれていった。梓は辛い表情を浮かべながら、それでも話してくれた。

「悠くんの前でたくさんお酒を飲んじゃったのも、悠くんには好きな人がいるんだって知っちゃったから。お酒を飲んで、忘れたかったの」

「そうだったんだ」

「そういうの、やめなきゃって思ってたんだけど……」

依存性の高いものは、一度ハマってしまうとなかなか抜け出せなくなる。梓の隣にずっといたから、彼女の苦しみを少しは理解できた。絵を描いている時、自分は向いていないんじゃないかという後ろ向きな気持ちにとらわれてしまえば、途端に筆を動かせなくなる。

これまで、本当に大変だったのだろう。一人で知らない土地へ来て、夢を見つけるために頑張って。

僕は悲しい顔をする梓の手を開き、飲みかけのお酒を渡した。

「まだ半分以上残ってるから、嫌じゃなかったら飲んでもいいよ」

うかがうように、梓は僕のことを見てくる。構わないよと頷いてあげると、彼女は口をつけてお酒を飲み始めた。

そんな梓に、僕は「美味しい?」と訊ねる。彼女は顔を赤くしながら、コクリと頷いた。

「辛い時に飲むお酒より、楽しい時に飲むお酒の方が美味しいでしょ? これから辛い時は、僕が支えてあげる。楽しい時に、お酒が飲めるように」

そんな歯の浮くようなセリフを吐いた僕は、きっとアルコールで酔ってしまっている。それでもこの時ばかりは、素直な言葉を伝えることができてよかったと思えた。

梓は一筋の涙を流し、笑顔で頷いてくれた。彼女なら、弱い自分に打ち勝つことができる。だってあの辛い夏休みを乗り越えたのだから。

それから僕らは、また学園祭を回り始める。麻婆豆腐を作っている店を見に行くと、中華鍋から勢いよく火柱が上がっていて、梓は「すごい!」と言いながら目を丸めていた。その姿は本物の料理人のようで、実際に食べてみると、これまで食べたどの麻婆豆腐よりも美味しかった。しかし梓の舌には少々合わなかったようで、食べながら「辛い……」と呟いて、苦悶の表情を浮かべていた。

夜には体育館でブライダルファッションショーがあり、ドレスや和服を着た男女がステージの上を歩いていた。梓はドレスを着る女性の姿に目を輝かせ「私もあんな服、着てみたいなぁ」と呟いていた。もし叶うのならば、そのドレスを着た彼女の隣にいるのが、僕であったらいいのにと、そんなことを心の中で考える。

そして同時に、あのようなきらびやかな衣装を作ってみたいとも思った。こんな衣装を作ってみたいと夢想して、今までにデザイン画を描いてみたりもしたけれど、やはり高度になればなるほど独学に限界を感じる。ドレスや和服を作るとなると、専門的な知識を学ばなければとてもじゃないけど難しい。僕一人では、到底かなわないことだ。

そんな風に初日の学園祭は終わり、二日目は一日中梓と飲んだり食べたりを楽しんだ。とても充実した休みの日で、明日からまた大学が始まるとなると、やはり少しは憂鬱《ゆううつ》になる。

けれど僕には、やらなければいけないことが残っていた。梓の誕生日まで、あと少し。僕はまた、彼女の着るコート作りを頑張らなければいけない。

もともと梓から赤色が好きだと聞いていたため、プレゼントするためのコートの生地は赤色を選んでいた。さすがにマフラーも赤色にするわけにはいかないため、白と肌色を組み合わせて、柔らかい色合いで編み上げてある。

十一月二十三日。梓の誕生日である二十四日の一日前。大学が終わった僕は、コート作りの最後の調整をしていた。袖の長さに問題はないか、梓の着ているコートを見ながら確認する。実際に着てみないと、細かい部分まではわからないが、初めて袖を通した時になるべく違和感がないようにしたい。こういうのは、着る瞬間に一番感動を覚えるものだから。

たっぷり一時間ほど調整に時間を費やした僕は、ようやく安堵の深い息を吐いた。

これで、完成。本当に、ギリギリだ。

梓が誕生日を教えてくれたのは、焼き鳥屋で酔っ払っている時だった。だから本人も誕生日を教えたことを忘れていたらしく、その日が近づくにつれて、梓はやけにそわそわするようになっていた。わざわざ誕生日を教えると、プレゼントを要求しているみたいで気が引けるのだろう。時折悲しそうな表情で話しかけてきたかと思えば、三分ほど口をモゴモゴさせて「やっぱり、何でもない……」と肩を落としていた。

さすがに梓のことがかわいそうになった僕は、誕生日を知っていることを伝えた。すると顔を真っ赤にさせながら背中をポンポン叩いてきて、「もっと早く言ってよ!!」と怒られた。僕も少し、梓のことをからかいたかったのだろう。

その際、誕生日は期待しててと伝えると、梓はふとした時に部屋の中を物色するようになって、少し困った。用意しているプレゼントを、クリスマス前の子供みたいに期待してくれているのだろう。

僕は梓に見つからないように、コートとマフラーを押入れの奥に隠していた。一度、妹に頼んで実家から送ってもらったミシンを、机の上に置きっぱなしにしてしまったことがあったが、梓は特に気にした様子もなく、僕も「ちょっと、服を直そうと思って」と適当な嘘をついた。別に服を直すぐらいならミシンを使わなくてもいいが、彼女も全く疑わなかったためホッとした。

そんな数日間の思い出に浸っていると、玄関の方から鍵を開ける音が響き、次いで「ただいまー！」という声が届いた。マフラーとコートを包装しようと思っていたが、僕は慌ててプレゼントを押入れの中にしまい込む。押入れを閉めたと同時に、梓は部屋のドアを開いたため、本当に間一髪だった。

しかし慌てている僕を見て、梓はそっと微笑む。

「さすがにもう見たりしないから、安心して。明日まで楽しみに待ってる」

「う、うん……ありがと……」

「それで、私は少し部屋を出た方がいい？」

「いや、梓がお風呂に入ってる時にやるから、大丈夫だよ」

包装するぐらいなら、短時間で終わらせることができる。梓は、「明日が楽しみだなぁ」と言いながら、僕の隣にひょこっと座った。

「二十二歳だっけ？」

「うん」

「僕と、二歳離れちゃうんだ」

「そうなるね」

「二つ離れてたら、さすがに子供っぽいなって思わない？」

梓は少しの間考える仕草をしたが、すぐにふにゃりと微笑んだ。

「私も十分子供だから、あんまり気にしないかも」

「そう？」

「むしろ、悠くんの方が年上に感じることがあるから」

「奇遇だね。最近、僕も梓が年上っぽく見えるようになってきた」

「それ別に何もおかしくないいんだけど!?」

梓がツッコミを入れると、僕は思わず噴き出した。それからお互いに、おかしくなって笑い続ける。別に年齢なんて関係ないと、僕は思い直した。

「でも、歳を取っていくことに、危機感を覚え始めてきたかも」

「それはどうして？」

「若い子の方が、悠くんは嬉しいと思うから。おばさんになっていくと、いつか捨てられそうだなって」

「捨てたりなんてしないよ。僕は、一緒に歳を取っていきたい」

「そんなこと言われるなんて、私は幸せ者だなぁ」

そう言って、梓は猫みたいに僕に寄りかかってくる。彼女の優しい匂いは、いつのまにか僕の中で心が安らぐものに変わっていた。

「今日は一緒に晩ごはん作ろうよ」

「じゃあ、私がハンバーグ作るから、悠くんはお味噌汁ね」

「もっと難しいもの作らせてよ。せっかく誕生日前なんだから、梓にはゆっくりしてほしい」

「悠くんのお味噌汁、好きなの。誕生日前なんだから、飲みたいな」

梓がそう言うならと、僕は頷く。それからもたっぷり会話を楽しんでいると、いつのまにか晩ごはんを作る時間になっていて、二人でキッチンに立つ。狭いキッチンだが、その狭い空間で二人で作業をしているのが、なんかいいなと感じた。

出来上がった料理を二人で食べて、美味しいねと言い合い、お皿を洗って風呂に入る。時刻はいつのまにか二十三時になっていて、もうそろそろ梓の年齢が一つ上がる。

残りの一時間がとてつもなく長く感じられて、時計の分針が一つ進むたびに、心臓の鼓動が速くなるように感じられた。そんな僕の緊張を察したのか、梓はくすりと笑って僕の手に手のひらを重ねてくれる。

「悠くんが選んだものなら、私は何でも嬉しいよ。だから、自信持って」

自信を持つ。それは僕にとって、一番と言っていいほど難しいことだ。けれど、出来上がったコートとマフラーは、彼女への愛情を一心に注いだ。間違いなく僕があげられる最高のプレゼントだから、それが僕の中で大きな自信となった。

やがて、秒針が十一の文字盤を通過する。梓の誕生日まで、残り十秒。五秒になった瞬間、僕はその言葉の用意を始めた。

そして、カチリと分針の動く音が静まり返った室内に響く。僕は精一杯の気持ちを込めて、言った。

「誕生日おめでとう、梓」

そして用意していた二つのものを、押入れの中から取り出す。包装されたプレゼントを見て、梓は目を丸めた。

「二つも？」

「うん。気に入ってくれたら、嬉しい」

やっぱり緊張で顔がこわばる。それでも、梓がその中身を取り出す瞬間まで、決して顔を背けたりはしなかった。

「じゃ、じゃあこの小さい方から……」

梓も緊張しているのか、少し震えた手で丁寧に包装を剥《は》がしていった。そして中から出てきたマフラーを、両腕で大事そうに抱きしめる。その瞳は、涙で潤んでいた。

「嬉しい……！」

「もう冬だから、凍えないようにって思ったんだ」

「ねえ、こっちは？」

「開けてみて。実はそっちの方が、プレゼントのメイン」

梓は期待に満ちた表情を浮かべながら、もうひとつの包装を剥がしていく。「ぬいぐるみかな、それとも……」そんなことを呟きながら彼女が包装を開けると、隙間から赤色のダッフルコートが覗く。梓はそれを見て、今度こそ涙を流した。

「たぶん、絶対似合うと思う。着てみて」

「……いいの？」

「うん。梓のためだけに、用意をしたから」

彼女はおそるおそるダッフルコートを取り出した。そして、ゆっくりと袖を通していく。傍目《はため》から見れば、サイズはピッタリに見えるが、果たして本人はどう感じるのか。緊張しながらも答えを待っていると、梓は腕を上げ下げして、再び目を丸めた。

「すごい、びっくりするぐらいピッタリ」

「梓のコート、ちょっと参考にさせてもらったんだ。勝手に触っちゃってごめん」

「ううん、全然気にしないよ」

梓は僕のプレゼントしたコートを着たまま、勢いよく抱きついてくる。何のためらいもなく、僕は彼女のことを抱きしめ返した。

「おめでとう、梓」

「うん、ありがと……」

そろそろ、一番大事なネタバラシをしなければいけない。そのタイミングをうかがっていると、梓は僕にふと質問してきた。

「こんなこと訊くのあんまりよくないけど、いくらぐらいしたのかな？　ちょっと、無理させちゃった？」

途端に、梓は申し訳なさそうな表情を浮かべる。言うならここだと、僕は覚悟を決めた。

「実は、マフラーもコートも僕が作ったんだよ」

「……えっ？」

「梓が部屋にいない時、こっそり作ってた。そっちの方が、喜んでくれるかと思って」

梓は自分の着ているコートと、首に巻いているマフラーとを交互に見る。そんなにじっくり見ると、僕も気づかなかったミスを発見されそうで、少し怖い。

「悠くん、高校の時は学校で、そういう勉強とかしてたの……？」

「ううん。小学生の頃から、そういうことに興味があって。ずっと独学で勉強してたんだ」

これを作ると決めた時から、僕は梓にこれまでのことを話そうと決めていた。

小学生の頃に、母に褒められたのが嬉しかったこと。兄妹より優れている部分があるのが嬉しくて、自分で服飾について調べ始めたこと。小学生の頃は、市の図書館から本を借りて、中学生からはパソコンで調べながら勉強した。

クラスの男子には女みたいだと笑われて、女子にはすごいと褒められて。梓は僕の話を、ただ黙って聞いてくれた。

そして全てを話し終わった時、彼女は僕に訊ねる。

「どうして、そんなに大好きなのに、服飾関係の大学に行かなかったの……？」

そんな、至極当然の質問。その答えは、僕が高校に入学した時からすでに、決められていたのだろう。

「いい大学に入学して、いい職場に就職することが、僕の親の理想だったから。子供の頃からそんな理想が僕にも植えつけられてて、とてもじゃないけど服飾の道に進むことを言い出せなかったんだ」

自分に自信を持てなかった僕は、服飾業界で働く自分を想像できなかった。圧倒的に技術が求められる環境より、勉強とコミュニケーション能力があれば入れる職場の方が、僕には向いている。

「今まで黙ってて、ごめん。でもいつかは、ちゃんと話そうって決めてたんだ」

梓は黙ったまま俯いてしまい、顔を上げてくれない。先ほどまでの嬉しそうな表情は、いつのまにかどこかに消え去っていた。

ぽつりと、彼女は呟く。

「……悠くんは、服飾の道を目指すべきだよ」

そんな、予想もしていなかった言葉を聞いて、僕は戸惑う。

「いや、無理だよ。もう今の大学に通ってるし」

今更服飾の道に進もうなんて、そんなのは無理だ。今の国立大学への入学が決まった時点で、服飾への道は閉ざされたのだから。今の僕には、安定した公務員を目指すか、大手の会社に勤めるかという平凡な選択肢しか残っていない。

そうだというのに、梓は僕の肩を掴んで、涙を流しながら諭すように言った。

「それなら、今日は実家に戻って、両親を説得しようよ。服飾の道に、進みたいって。さっきの話をご両親に話したら、きっとわかってくれるから……！」

「……ダメだって。二人とも、頭が固いんだよ。絶対に、わかってなんてくれない」

「絶対、わかってくれるよ！」

「無理だって。梓の家みたいに、優しくないんだよ。それに今日は、梓の誕生日なんだよ？」

「私の誕生日なんて、悠くんの事情があるならどうでもいい」

どうして頑《がん》として譲ってくれないのか、僕にはさっぱりわからなかった。僕がもういいと言っているし、梓には関係のないことだというのに。

それに安定した生活が送れるかもわからない職に就くより、このまま敷かれたレールの上を歩く方が、絶対いいに決まっている。他の誰に訊いたって、同じ答えが返ってくるだろう。

今度は僕が、彼女の肩を掴む。

「今日はもう寝よう。きっと、疲れてるんだよ」

「疲れてなんか……」

「どっちにしても、もうこんな時間だから」

そう言って、僕は梓の追及から逃げた。彼女の言葉から、耳を塞いだ。

それから梓は僕のプレゼントしたコートを脱ぎ、大事そうにクローゼットの中にかける。そして布団を敷いている時、申し訳なさそうに言った。

「ごめん、取り乱しちゃって……」

「ううん、気にしてない」

「プレゼント、すごく嬉しかった。今までにもらった、どんなプレゼントよりも」

梓に喜んでほしくて、僕もその言葉が聞きたくて、コート作りに励んでいた。だから完成をして、そんな風に言ってくれることが、たまらなく嬉しい。

その日の僕らは、一緒の布団に入った。一度眠る前に、服飾業界で働きたいと親に相談する姿を想像した。けれど、それは無理なことなのだと悟る。最後に見た、母のあの嬉しそうな表情。僕の心は冷え切っていたけれど、あの表情が頭の中から消えてくれない。今更進路を変更すれば、期待を寄せてくれていた家族を裏切ることになる。

別に僕は、家族のことが嫌いなわけじゃない。どんなに僕に無関心だったとしても、あの褒めてくれた時のことを、忘れられないから。僕が今ここにいるのは、他ならぬ両親のおかげで、とても感謝している。

だから、今更もう遅いのだ。

何もかも、もう遅い。


今日は梓の誕生日だ。僕は彼女よりも早く起きて朝食を作った。簡単なものしか作れないけど、梓にはとても感謝しているから、今日くらいは休んでいてほしい。

目玉焼きとベーコンを焼いていると、居間のドアがそろそろと開き、梓がこちらへとやってくる。僕の隣に立ち止まって、おそるおそるといった風に話しかけてきた。

「夜に言ったことだけど……」

一度言葉を区切り、梓は用件を僕に伝える。

「今でも、悠くんは服飾の道に進むべきだと、私は思うの。眠るまで、ずっとそのことを考えてた。何が一番、悠くんにとって幸せなのか」

僕にとって一番幸せなこと。そんなの、決まりきっている。それは梓のことを支えて、一緒に幸せになることだ。

「顔、洗ってきなよ。もう朝ごはんできるからさ」

そう言って梓の言葉を無視すると、彼女は僕の腕を掴んで、今までより険しい声で言った。

「ねぇ、聞いて」

「聞いてるよ。夜も聞いた。もう、無理だって」

「無理なんかじゃないよ。私だって、美大に入るのに二年も足踏みしたもん。今服飾の道を目指したって、遅いなんてことない」

僕はコンロのつまみを回して、火を止めた。それから小さく息を吐いて、彼女を見つめる。

「どうして、そんなに僕に服飾の道を目指してほしいの」

そう訊ねると、梓は間髪を入れずに答えを返してきた。

「悠くんが、私のことを応援してくれてるから。私は、嬉しかったの……悠くんのおかげで、前に進めることができたから。今も辛いけど、絵を描いてるのは楽しい。目標があるから、楽しいんだと思う。その楽しさを、悠くんは教えてくれた。だから悠くんも進むべき道に、進んでほしい」

そんなことを考えてくれていたのかと、僕は胸が熱くなる。どうしてもっと、梓の気持ちを考えられなかったのか。彼女の気持ちに寄り添っていれば、あんなに消極的な反応なんて、絶対しなかったというのに。

けれど梓の気持ちを素直に受け止められない理由も、僕にはちゃんとあった。それを僕は、伝えた。

「叶うなら僕は、ずっと梓のそばにいたいんだよ。二年足踏みしても、遅くないってことはわかった。でも、専門学校を卒業するなら三年後、大学を卒業するなら四年かそれ以上先に就職することになる。就職しても販売員にしかなれないかもしれないし、それじゃあ給料が低くて梓を支えられないんだ。そんなリスクを冒すなら、今の大学を出ていい企業に就職した方が、絶対に将来が安泰なんだよ」

それに、奨学金の返済だってある。いい企業に入れなければ、梓のお父さんやお母さんが認めてくれないかもしれない。現実的に考えて、それ以外の選択肢なんてない。

梓は僕の告白を聞くと、一瞬瞳が揺れたかと思えば、すぐに俯いてしまった。わかって、くれたのだろうか。

しかし返ってきた言葉は、僕の予想もしていなかったものだった。

「……重い」

梓のその冷たい声に、僕の胸の鼓動が酷く速まる。彼女はもう一度、ハッキリ呟いた。

「重いよ……私、そんな先のことなんて、考えられない……」

僕は、放心したように固まってしまう。少し冷静になってみれば、自分の発言がどれだけ重いものなのか、理解できたはずだった。僕らはまだ、付き合って半年ほどしか経っていない。それなのに将来の話をするなんて、笑ってしまう。

初めてできた彼女だから、舞い上がってしまった。ただ、幸せにしたいと思った。そんな純粋だと思っていた気持ちは、相手からしてみれば、ただの押しつけにすぎない。

せっかくの梓の誕生日だというのに、互いの間に流れる空気は最悪なほど冷え切ってしまっていた。少し、頭を冷やさなければ。そう思い「ごめん……」と謝罪する。そして、しばらく考えさせてほしいと言おうとしたが、彼女はそれよりも先に居間の方へと引っ込んでしまった。

怒っているのだろうか。俯いていて、その表情をうかがい知ることはできなかった。仕方なく朝食を作るのを再開するが、しばらくすると梓はまた居間から出てきた。その彼女の肩には、お出かけ用のミニバッグが下げられていて、いつのまにかパジャマから外出用の服に着替えていた。

「ちょっと待って、どこか行くの？」

「家出」

梓はそれだけ言うと、玄関で靴を履き始めた。さすがに僕は慌てて、彼女の腕を掴んで引き止める。

「朝ごはん、もうできるんだけど」

「離して」

「ちゃんと話聞かなかったのは謝るから。少し、考え直してよ」

彼女にそう懇願したけれど、振り向いてはくれない。ここにきてようやく、僕は焦りを覚えてきた。

「梓、ごめん……」

「怒ってないから」

「怒ってるよね……？」

「怒ってない」

梓はようやく、こちらを振り向いてくれる。その表情からは、怒りの様子は見受けられなかった。

「少し、距離を置いた方がいいと思うの。私も、たぶん悠くんも、そうしないと頭が冷えないから」

一度決めたその意思は、ここで僕が何かを言ったところで曲がりそうになかった。だから僕は早々に諦めてしまい、梓の腕を離してしまう。

「……それじゃあ、どこ行くの？」

「友達の家」

それだけしか、教えてくれなかった。探さないで、ということなのだろう。梓は靴を履き終えると、何も言わずに扉を開けて出て行ってしまった。

どうして梓の話を、真面目に取り合わなかったのか。どうして自分本位な考え方をしてしまったのか。

つけっぱなしだった火を止めて、梓のために作った朝ごはんを一枚の皿の上にのせる。本当なら、笑いながら一緒に食べるはずだったそれは、もう黒く焦げてしまっていた。

残すのも悪い気がして、僕は一人で二人分の朝食を食べる。少し前までは一人で住んでいたはずなのに、梓のいなくなってしまった部屋は、やけに広く感じられた。

梓はどこへ行ったのか。それは三十分ほど後、すぐにわかった。荒井さんから電話が来て『梓さんが家に来てるんだけど』と、教えてくれた。

今は電話をするために外へ出ているらしく、その声には不機嫌さが表れている。

「すみません、ちょっといろいろあって……」

『梓さんが怒るなんて、よっぽどだよ。今まで怒ったところなんて、見たことがないから』

「やっぱり怒ってますか……？」

『訊いても何も教えてくれないし、怒ってるのは確かだよ。滝本さんの名前出したら、泣きそうな表情になってたけど』

梓を辛い気持ちにさせてしまったことを、強く反省した。本当に、こんなはずじゃなかったのに。

「……少しの間、梓をお願いしてもいいですか？」

『別にいいけど、仲直りするなら早くしてね。落ち込んでる人が部屋にいると、私まで気分沈むから』

「頑張ります……」

最後にお礼を言って、僕は通話を切った。時間が解決してくれるなんてことに、期待するのはよくないのだろう。傷つけてしまった梓としっかり向き合って、許してもらう他に選択肢はない。

だとしたら、どうすれば仲直りできるのか。梓が望むのは、僕が服飾の道を目指すこと。でも、そのために両親を説得するなんてことは難しい。

そんな理由をつけて、僕は現状から逃げていた。やってもいないのに無理だと決めつけて、行動しようとしない自分が嫌になる。

僕は今までに、服飾の道に進みたいと思うことは何度もあった。隠さずに自分の気持ちを言うならば、後悔がある。人生であんなにも打ち込んだことだから。もし叶うのならば、迷わずに今とは違う選択をしていただろう。

僕は、どうすればいいのかわからない。梓の言葉を思い出すたびに、服飾への未練が心の内から湧いてきて、けれどそのたびに梓との将来を考えてしまっている。彼女との将来なんて、何も保証されていないのに。

僕は絡まった思考の中で、もがき苦しんでいた。初めから服飾の道なんて目指さずに、早々に諦めていればこんなことにはならなかったのに。梓へ手作りのコートなんてプレゼントせずに、ブランド物のアクセサリーをプレゼントしていれば、こんなことにはならなかったのに。今更過ぎ去ったことを嘆いても、何の解決にもならないことはわかっていた。

そんな風にいつまでも悩んでいると、僕のスマホに着信が来る。梓からの着信かと思いポケットの中に手を突っ込むが、相手は水無月からだった。それに落胆しつつも、僕は後輩からの電話を取る。

「もしもし」

わずかな間の後、水無月の元気な声が聞こえてきた。

『もしもし悠さん。今日は、悠さんの大好きな梓さんの誕生日なので、オススメのお店を紹介しようと思って電話しました』

　いつもよりはしゃいでいる水無月に、僕は申し訳ない気持ちになる。

「ごめん……今、それどころじゃない」

『えっ？』

「ちょっと、喧嘩《けんか》しちゃって……」

『喧嘩、ですか……？』

　水無月に、詳しく聞かせてくださいと言われ、僕は彼女になら話してもいいだろうと思い、全部事情を説明した。水無月は、僕が服飾の道に興味があったことを知っているから。マフラーをプレゼントした時に、それは全部話した。

　水無月は、僕の話を相槌を打ちながら真剣に聞いてくれる。それが本当に、ありがたかった。そして全てを話し終えた後、水無月は呟く。

『それは、難しい問題ですね』

「うん……」

『私が先輩の立場でも、悩むと思います。梓さんとの将来の安定を取るか。自分の、本当にやりたかったことを取るか』

　梓の望んでいることは、圧倒的に後者だ。梓は僕との将来よりも、僕の夢を叶えることを考えている。僕が、後悔をしない選択をすることを、願っている。けれど、たとえ僕はどちらを選んだとしても、きっと後悔する。かけられた天秤《てんびん》の両側は、どちらも僕の中で比重が大きい。

「正直、進路のことで親に反発しようなんて、考えたこともなかったんだ。ましてや、梓にそんなことを言われるとも、思ってなかった」

『私は逆に、梓さんならそう言うんだろうなと納得してます』

「それは、どうして？」

『あの人は、すごく友達思いな人ですから。自分を支える代わりに、悠さんのやりたかったことを叶えられなくなるなんて、そんなことを知ってしまったら、私のことを気にせずに夢を叶えてほしいと言うはずです』

たしかに、よく考えれば梓がそう思うのは不思議ではなかった。彼女は、そういう女の子だから。

これから僕は、どうしたらいいのだろう。半年前にも、梓へそんな相談をした。今は、水無月に。自分で決めることができないから、迷惑をかけてしまっている。

やはり、こういうのは自分で決めなきゃいけない。誰かに頼ってばかりじゃ、相手にしっかりと向き合っているとは言えない。ここ最近は、ずっと誰かのお世話になりっぱなしだった。梓に水無月とのことを相談して、荒井さんに梓との仲を取り持ってもらって、水無月に背中を押してもらって。僕は、自分の選んだ選択に、責任を持てるようにならなきゃいけない。

だから水無月にお礼を言って、通話を切ろうと思った。けれど、水無月は言う。

『すごく、後悔してるんですよね』

その声は、僕の心を見透かしたかのような響きをしていた。

『自分のできなかったことだから、自分に梓さんを重ねて、夢を叶えてほしかったんですよね』

それは僕の本心なのだろう。だから水無月の言葉に、何も言い返すことができなかった。

『悠さんはもう少し、自分のために生きるべきです。いつまでも両親に縛られていたら、いつか振り返った時に後悔しますから』

「……それで僕の選んだ道で後悔したら、元も子もないんじゃない?」

僕のその問いに、水無月は明るい声であっけらかんと答えた。

『大丈夫です。私たちはまだ若いんですから、一度失敗してもなんとかなりますよ。やり直しなんて、いくらでも利きますから』

その言葉で、僕の心はスッと軽くなったような気がした。いつまでも引っかかっていた、後悔するかもしれないという後ろ向きな気持ち。自己否定をする、弱い心。失敗するかもしれないと怯えていたけれど、たしかに彼女の言う通りだ。

失敗してもいい。

きっと、いくらでもやり直しが利くのだから。

『月並みな言葉ですけど、やらないで後悔するよりも、やって後悔するべきだと私は思います。悠さんならきっと、まだまだ前に進めます！』

「……ごめん、たくさん迷惑かけちゃって」

『謝罪禁止だって、前にも言いましたよね。そういう時は、もっと違う言葉の方が嬉しいんです』

「……ありがとう」

これじゃあ、どっちが先輩なのかわからない。人間的にも、精神的にも、水無月はずっと大人だ。高校生の頃は生徒をまとめ上げ、僕は今も昔もそんな彼女のことをかっこいいと思っている。

「水無月は、すごいよね。スッパリといろいろ決められて。後悔とか、したことあるの？」

『そんなの、たくさんありますよ。後悔したことのない人なんて、どこにもいませんから』

「水無月でもそういうこと、あるんだ」

『だって私、今も絶賛やり直し中ですから』

「そうなの？」

『はい。美大に入学したこととか、実は後悔してます』

「美大、やっぱり大変なんだね」

『大変なのは、最初からわかってたので。後悔してるのは、こっちの美大に来てしまったことそのものです』

僕が首をかしげたのが水無月に伝わったのか、くすりと笑う声が聞こえてくる。

『別に美大なら、地元にもあるのでそっちでよかったんですよ』

「そういえば、向こうにも美大はあるよね。どうして、こっちまで来たの？」

『それは内緒です』

肝心なことは教えてくれなくて、僕は拍子抜けする。おそらく、あまり人に話したくないことなのだろう。僕はそれ以上、訊こうとはしなかった。

『でも、後悔していても、私は私でちゃんとやってますよ。悠さんは心配しないでくださいね』

「うん。水無月なら、大丈夫だってわかってるから」

『信頼されてるんですね』

「そりゃあ、一年間一緒に生徒会した仲だから。いいところも悪いところも、知ってるよ」

電話口から水無月の小さな笑い声が聞こえてきて、僕も笑みがこぼれる。なんだか懐かしいなという気持ちになって、僕らはようやくあの頃に戻ることができたのだと気づいた。やり直しはいくらでも利く。水無月の言う通りだ。

『それで、進むべき道は定まりましたか？』

その水無月の問いに、僕は強く頷く。きっと、上手くいく。そんな気がした。

「もう、大丈夫」

『それなら、よかったです。二人が上手くいくのを影ながら応援してますね』

「本当に、ありがとう」

それからわずかな間の後、水無月は言った。

『もし、悠さんが失敗をして、梓さんからも愛想を尽かされたら、私のところへ来てもいいですよ。悠さん一人なら、私が養ってあげます』

「そうならないように気をつけるよ」

彼女のそんな冗談に、僕は苦笑する。いくらお世話になっている後輩だからといって、そこまで迷惑をかけるわけにはいかない。

水無月も、電話の向こうで笑った気がした。そして最後に『頑張ってください』という言葉を彼女が呟いて、通話は切れる。

進むべき道は定まった。いつまでも僕の心の中にくすぶり続けるもの。それをくすぶらせたまま、後悔なんてしたくない。

僕はもう、水無月と梓のおかげで、相手を喜ばせることの嬉しさを知ってしまった。もし叶うのなら、それがまだ遅くないのなら、僕が決めた夢を追いかけたい。

それが、僕の選んだ答えだった。


梓は着替えを持たずに家出をしてしまったから、日をまたげば荒井さんに迷惑をかけてしまう。だから日が落ち始めた頃に、僕は荒井さんの住んでいるアパートへとやってきた。

夏休みに何度も訪れたこのアパートは、梓が僕の部屋に住むようになってから、一度も訪れたことはない。かすかな懐かしさを覚えつつ、階段を登り荒井さんの部屋の前に立つ。そこで一度深呼吸をして、インターホンを押した。

程なくすると荒井さんが出てきて、梓を迎えに来ましたと伝える。彼女は何も言わずに、部屋の奥から梓を連れてきてくれた。

梓は僕に目を合わせてはくれず、いつもよりどことなく落ち込んでいる。荒井さんは空気を読んでくれたのか、僕らを二人にしてくれた。

「とりあえず、ここじゃあれだから、近くの公園に行こうよ」

梓がコクリと頷いたのを見て、僕らは公園への道を何も話さずに歩いた。昨日までの沈黙は心が休まるものだったというのに、今日は会話がないことがとても辛い。どうしてこんなことになってしまったのか。

その責任の全ては僕にある。

公園にたどり着いて、僕は梓の方を振り返った。しっかりと向き合うために。けれど梓は僕のことを見てはくれなかった。

「梓、話したいことがあるんだ」

一度息を吸って、体内に新鮮な空気を取り込む。循環する血液の流れが、いつもより速い。そんな緊張を感じながら、僕は続けた。

「ずっと、くすぶってた。このままでいいのかなって。服を作りたいっていう未練があったんだ。僕にとって、それが本当にやりたかったことだから。今朝、梓に言われて、そのことにようやく気づいた」

梓の瞳に、期待の色が宿る。僕の好きな、優しい目。いつも見ていたはずなのに、その瞳はやけに懐かしさを覚えた。

「ごめん、今朝はあんな態度取っちゃって。梓は、僕のことを考えてくれてたのに」

しっかりと頭を下げて、梓に謝罪する。そして顔を上げた時に、またまっすぐ彼女のことを見据えた。

「僕は服を作って、いろんな人を喜ばせたい。だから一度実家に戻って、両親を説得するよ。許してくれるかはわからないけど、自分の正直な気持ちを伝えてくる。それでさ……」

自分が持てる精一杯の覚悟を込めた目で、梓を見つめた。

「夢を叶えるまで、待っててほしいんだ。僕は本当に梓のことが好きだから、ずっと一緒にいたいと思ってる。重いかもしれないけど、これが本当の気持ちだから」

今日一日、ずっと悩んでいた。梓のことと、僕の未来。どちらかを捨てて、片方を選ぶことなんてできなかった。

それは、僕の中でどちらも一番大切なことだから。それならば、道は決まっている。後悔をしないために、覚悟を決めるしかない。その結果、二つともを取りこぼしてしまうかもしれないが、何も行動しないまま後悔をするより何倍もマシだ。

僕のこの気持ちは、ちゃんと梓に伝わっただろうか。そう思い彼女を見つめていると、瞳が小さく揺れたかと思えば、またすぐに顔を伏せてしまった。

そして絞り出すように、梓はその言葉を口にする。

「……私たち、たぶん別れた方がいいんだよ」

僕の目の前が、一瞬暗闇に覆われた気がした。座り込んでしまいそうなほどに心臓の動悸が速まり、それを抑えることができない。

その中で、僕はもがくように問い返した。

「……どうして？」

「私と一緒にいたら、悠くんは幸せになれないから」

キッパリと、梓は断言してしまう。そんなことはないと、反論したかった。けれど梓は、尚も言葉を続ける。

「私、あなたに依存してた。辛いことがあっても、悠くんが慰めてくれるから。夏休みの頃は、本気で絵を描くのをやめようかと思った時もあったの。きっと、悠くんが許してくれてたら、私は絵を描くのをやめてた」

「そんなことないって」

「そんなこと、あるの。私はそういう人だから。自分じゃ決断できないから、誰かに意見を求めちゃうの。結局夏休みを半分も私のために使ってくれて、すごく迷惑もかけちゃったし……」

「迷惑だなんて、思ってなかった。僕は、一緒にいられるだけでよかったんだよ」

「じゃあ、もし私が会いたいって言ったら、悠くんはいつでも会いに来てくれるの？」

「そんなの、当たり前だよ。僕が会いに行って梓が喜んでくれるなら、会いに行くに決まってる」

そんな当然の言葉を返すと、梓は途端に悲しげな表情を浮かべた。どうしてそんな表情を浮かべるのか、僕にはさっぱりわからなかった。

「悠くんが夢を追いかけるなら、これからは遠距離になるの。きっと私は寂しいってあなたに甘えて、何度も何度も迷惑をかけることになる。あなたは優しすぎるから、そのたびに困らせることになるの」

僕は、彼女の言葉に何も言い返すことができなかった。想像してしまったから。きっと僕は、梓が会いたいと言ってしまえば、会いに行ってしまう。彼女のことが、何よりも大切だから。

「それにやっぱり、私は悠くんが思い描いてる未来のことまで、想像することができないの。まだ、大学を卒業した後に何をしたいかも定まっていないから」

「それは、これから一緒に見つけてけばいいよ。約束したじゃん……」

「悠くんはこれから、自分の夢を追いかけるんでしょ？　私に構ってる時間なんて、ないよ」

「それじゃあ、大学を卒業するまでここにいるよ。とりあえず大学ぐらいは出ておかないと、就職する時に不利だし、たぶん親にも――」

「そういうところだよ」

僕の言葉を遮り、梓はまくし立てた。

「私といると、悠くんは無理をする。私のために大学に通うなんて、そんなのおかしいって」

正論を突きつけられ、僕は押し黙る。少し考えれば、自分がおかしなことを言っているいることぐらい理解できた。梓のことになると、僕は前が見えなくなる。

「やっぱり、別れるべきなんだよ」

再びその言葉を突きつけられて、僕はもう何も言えなくなってしまった。梓が、そう決めてしまったから。決意は固く、僕が何かを言ったところで意思は曲がりそうにない。

梓は、もう話は終わったとばかりに、踵を返す。その背に向かって、なんとか声を絞り出した。

「……どこ行くの？」

彼女は僕の方を、振り返って答える。

「今日一日、また渚ちゃんのところに泊まる。明日、荷物を取りに行くから」

それだけ告げて、梓は再び歩き出してしまった。どうにかして、彼女のことを引き止めたい。引き止めて、考え直すように説得したい。けれど肝心なその方法を思いつかなくて、ただ距離だけが離れていく。

僕はもう、何も考えずに走り出していた。そして、彼女の手を掴む。その時に、気づいた。もう僕のあげた時計を、手首に巻いていないということに。

僕も覚悟を決めていたように、梓も同じように覚悟を決めていたのだ。その事実を突きつけられて、出しかけた言葉も引っ込んでしまい、もう何も言うことができなくなった。

梓はこちらに振り返ってくれる。彼女の綺麗な瞳からは、大粒の涙があふれていた。そして震える声で、言った。

「お願い、悠くん……もう、私を困らせないで……迷惑、かけたくないの……」

最後に握ったその腕すらも、僕は離してしまう。何も持つことのできなくなった僕の手は、うなだれたように落ちていく。

もう、終わってしまった。その事実だけが、痛いほど僕の胸に突き刺さった。


翌日、梓は言葉通りに僕の部屋へとやってきて、大きなカバンの中へ服や本などを詰め込んでいる。その彼女の後ろ姿を、僕はただ黙って見守っていた。

自分の部屋から持ってきたコートをカバンの中へと入れて……けれど僕のプレゼントしたそれは、いつまでも衣装棚から取り出さない。持っていかないのかと、訊きたかった。けれど、訊いたところで意味がない。

別れた男のプレゼントしたものなんて、身につけるわけがないのだから。実際、水無月は最初こそ僕のプレゼントしたマフラーを巻いてくれていたが、告白をしてフラれてからは一度も巻いている姿を見かけなかった。きっと、捨ててしまったのだろう。

それについて僕は憤りを覚えてはいないし、仕方ないとさえ思っている。

かける言葉に迷った僕は、結局梓を引き止められるセリフを用意することができなかった。

「……お酒、あんまり飲みすぎないでね」

一瞬だけど、梓の手が止まる。けれど小さく「うん……」と返事をした後に、またすぐ荷造りを再開してしまう。

「……絵、描き続けてよ。梓が夢を見つけるの、応援してるから」

また、梓の手が止まった。このまま、時が止まってしまえばいいのにと強く思う。けれど時間は容赦なく過ぎ去って行き、彼女からもらった時計は今も時間を刻み続けている。

今すぐに、時間を止めてしまいたかった。

梓は、またポツリと呟く。

「……どうして？」

それは、もう恋人同士じゃないのに、どうして応援してくれるのかということだろうか。そんなこと、あの出会った日からすでに答えは決まっていた。

「初めて梓の絵を見た時、あの絵に恋をしたんだ。だから、梓の絵をみんなに好きになってほしいと思った。ずっと絵を描いていてほしいって思った。夢を、見つけてほしいって思ったんだ……」

恋人だからとか、そんな理由じゃない。ただ純粋に、僕は梓の絵をこれから先も見ていきたいと思った。だから夏休みの半分を、彼女の絵を見ることに費やした。

僕の気持ちは、少しは伝わったのだろうか。それ以降、梓は何も言わなかったし、僕も何も話したりしなかった。彼女の私物は次々と僕の部屋からなくなっていき、ただ甘い香りだけが部屋の中に残る。

いや、違う。

残されたものは、彼女の残り香と、僕のプレゼントした赤いコートとマフラーだけだった。結局最後まで、梓はそれを持っていってはくれなかった。

全ての荷物をまとめ終えた梓は、ゆっくりとその場から立ち上がり、こちらを振り返らずに言った。

「……今まで、本当にありがと。こんなどうしようもない私に、時間を割いてくれて」

そんなことは、言ってほしくなかった。梓はとても魅力的で、むしろ僕にはもったいないほどで、どうしようもない僕に多くのものを与えてくれたんだから。彼女のおかげで、少しは自分に自信を持ちたいと思った。また、夢を追いかけたいと思えるようになった。誰よりも僕を受け入れてくれたことが、何よりも嬉しかった。

そんな、伝えきれないほどたくさんの感謝の言葉は、もう二度と梓には届かない。

最後にドアノブへ手をかけて、梓は言った。僕はその言葉を聞いて、彼女がいなくなった部屋に戻った時、堪えきれずに涙を流した。

「幸せになってね」

他の誰よりも、一緒に幸せになりたいと思った女の子は、もう僕の目の前からはいなくなっていた。

それから三日間、僕は部屋の中へ引きこもり、怠惰な生活を送っていた。休みの日が終わっても大学へ行くことをせずに、アパートからコンビニまでの道を往復するだけの日々。

アルバイト先の店長には、仕事を辞めることを伝えた。もう別れてしまった女の子の前に顔を出せるほど、僕の心は据わっていない。突然辞めてしまうことを店長は怒るかと思ったが、むしろ僕のことを心配してくれた。

お金に困ったら、またいつでもアルバイトに来てもいいからと。もし就職先が見つからなかったら、うちにおいでとも言ってくれた。電話を切った時、僕はまた不甲斐なさで涙があふれた。

この三日間、梓の置いていったコートもマフラーも、なるべく僕の視界にいれないようにしていた。それを見てしまえば、思い出してしまえば、途端に悲しみが襲ってくるから。

けれど、いつかは向き合わなきゃいけないとわかっていたから、たくさん悲しんだ後に僕は、再び立ち上がる決心をした。

梓は僕の未来のために、別れを決心してくれたから。それが僕にとって何よりも悲しいものだったとしても、僕の大好きな君が決めたことだから。前に進まなきゃいけない。たとえ一人でも、進む先が灰色一色だったとしても。

僕は再び、部屋のドアを開けた。心の中はいつまでも雨が降っていたけれど、秋の空はどこまでも青く澄み渡っている。

僕は今、人生の岐路に立っていた。

エピローグ

《奏》

何度も何度も電話をかけようか迷い続けて、最後の一押しがどうしても踏み出せなくて、散々スマホの前で悶々とし続けて、私はようやく日が沈み始めたころに、先輩のスマホの番号に電話をかけた。

そして、もう何の余裕もない私は、開口一番にそれを訊いた。

『梓さんから聞きました。その……別れちゃった、そうですね』

「うん……」

『……すみません。私が、余計なアドバイスをしたせいかもしれません』

「水無月は悪くないよ。そんなに気に病まないで」

『でも……』

「水無月がいなかったら、今でも打ちひしがれてたと思う。水無月がいてくれたから、僕は夢を追いかけようと思えるようになったんだから」

『それじゃあ、悠さんは……』

「明日の始発の電車で、一度実家に帰ろうと思う。それで、両親に自分の気持ちを伝えてくる」

『覚悟が、決まったんですね』

「梓も望んでることだから。いつまでも落ち込んでても、仕方がないし」

『明日、始発の電車に乗るんですよね』

「そのつもりだけど、どうしたの？」

『明日、始発の三十分前に、やかんのオブジェの前で待ってます。どうしても、先輩に伝えたいことがあるんです』

それだけ言って、私は一方的に通話を切った。


私は先輩のことが、高校生の頃から好きだった。一見頼りなさそうな見た目の先輩は、実は優しさにあふれていて、それが私の感じる大きな魅力だった。

私が先輩と出会ったのは、高校へ入学して生徒会へ所属した時。特に部活動をやりたいと思っていなかった私は、当時募集をしていた生徒会役員へ立候補した。

選んだのは、書記の役員。子供の頃に書道を習っていて、それなりに字が上手いと自負していたからという単純な理由で、書記を選んだ。そして会計の役員を、当時高校二年生だった先輩が務めることになった。

初対面の人と話すのが苦手な私は、初めて役員が生徒会室へ招集された時、教室の端っこの椅子に一人でポツンと座っていた。私以外の生徒会役員は、みんな年上で、一年生の私は明らかに浮いていた。

そんな、一人浮いている私に話しかけてくれたのは、滝本悠という先輩だった。

「あ、あの、これから一年よろしく」

「えっと、よろしくお願いします……」

先輩も私と話すことに緊張していたのか、どこか自信がなさそうな表情を浮かべていた。きっとこの人は、女の子と話をすること自体、慣れていないのだろうなと思った。それでも一人でいる私に話しかけてくれて、すぐに優しい人なんだと理解できた。

先輩は緊張しながら、私にいろいろな話を振ってくれた。最近のニュースや、昨日やっていたドラマの話。はたまた、昨日食べた晩ごはんの話とかを話題にして、私の緊張を一生懸命ほぐそうとしてくれていた。

もし先輩がクラスメイトの女の子に同じような話題を振っていたら、苦笑いを浮かべられて逃げられている。そんな、正直言って全く面白みのない話を精一杯話してくれる先輩が面白くて、いつのまにか私の顔には笑顔が浮かんでいた。

笑顔を浮かべる私を見た先輩は、密かにホッとしたように胸を撫で下ろしていて、あぁ、やっぱりこの人は優しい人なんだなと、確信した。生徒会に入って仲よくなった先輩は、同時に、高校へ入って、初めて仲よくなった人でもあった。

先輩が話しかけてくれるから、他の役員の方たちも私に話しかけてくれて、いつのまにか私は一つの輪の中に交じることができた。

「そんなつまんない話しても、奏ちゃんが困っちゃうだけだよ」

「そ、そうかな」

「そうそう。滝本は女の子と話すの下手すぎ」

きっと先輩がいなかったら、私はいつまでも生徒会室の隅っこで、一人で座っていただろう。


高校生活に慣れてきた頃には、私の周りにも新しい友達ができ始めていた。

みんな優しい人たちばかりで、そんな友達の喜ばしい話を聞くと、ついつい自分のことのように嬉しくなってしまう。

休み時間はクラスの友達と遊ぶこともあったけれど、同じぐらい生徒会室へ遊びに行くことも多かった。生徒会室にはオセロやＵＮＯやトランプが置いてあって、それを使って役員のみんなで遊ぶことができたから。基本的に学校へボードゲームやカードゲームを持ってくることは禁止されているため、そんな中こっそりと遊べることに、私は密かな背徳感を覚えていた。

先輩も生徒会室へ遊びに来ることが多くて、自然と私たちは学年を超えて仲を深めていた。出会った頃はオドオドした話し方をしていた先輩が、いつのまにか私に普通に話すことができるようになっていたのは、少し残念だった。けれどそれだけ先輩も私に気を許してくれているのだとわかって、ちょっと嬉しいと思った。

いつしか私は、先輩のような人になりたいと思い始めていた。

周りをよく見渡すことができて、困っている人を助けることができる優しい人。真っ先に思い浮かんだのは、学校で働いている先生の姿だった。

私はいつのまにか、学校の先生になりたいと、そんなことを考えるようになっていた。そのために、私も少しは変わらなければいけない。先輩がしてくれたことを、私も誰かにしてあげることができれば、何かが変わるんじゃないかと、そう考えた。

そう考えると、私の世界は少しだけ広くなったように感じた。教室の隅で、いつも本を読んでいる女の子。体育の時間にはいつもペアを作る時に余っていて、そのたびに悲しそうな表情を浮かべていた。決して同情したわけではないけれど、学校にいることが楽しそうじゃなかったから、そうでもないよと教えてあげたかった。

だから私は、牧野遥香という女の子に話しかけた。

遥香は初めて会った時の先輩以上に、オドオドとした女の子だった。けれど何度も話しかけるうちに心を開いてくれたのか、次第に私に向ける表情に笑みが浮かぶようになった。

無自覚だったけれど、私は遥香に対してよく先輩の話をしていたらしい。遥香は私の話す滝本悠という先輩のことが気になり始めたらしく、どんな人か実際に会って見てみたいと言った。だから私は快く彼女のお願いを聞いて、生徒会室へ遥香を連れて行った。

それから、しばらく後のことだ。遥香は顔を赤くしながら、学校からの帰り道にあることを教えてくれた。

「私、先輩のことが好きになったかも……」

その言葉を聞いて、私の心は大きく揺らめいた。どうしてこんなにも動悸が激しいのか、さすがの私にもすぐに理解することができた。私も、先輩のことが好きだったのだと。

そう気づいた時には、もう遅かった。一番の親友である遥香が、先輩のことを好きだと聞いてしまったから。私は、親友として遥香を応援してあげなきゃいけない。そうしなきゃ、遥香が悲しんでしまうから。

だから私は、私の気持ちを押し殺して、遥香に言った。

「応援するっ！　私に任せて！」

私がそう言うと、遥香はとても安心した表情を浮かべていた。

それからの私は、なるべく私たちが三人でいられるように働きかけた。遥香を生徒会室へ連れて行ったり、三人で学校から帰ったり。私はいつも、遥香が先輩とうちとけて話をすることができるように、会話の橋渡し役に徹していた。仲睦《なかむつ》まじげに話している二人を陰ながら見守っていると、胸がチクリと痛んだけれど仕方がない。私は応援すると言ったのだから、今更前言を撤回することなんてできなかった。

これでよかったんだと、私は私に言い聞かせた。

そして、十一月五日。私の誕生日に、先輩は生徒会室で二人きりになったタイミングを見計らって、プレゼントを渡してきた。そんなものをもらえるなんて予想もしていなかった私は、驚きつつも丁寧に包装されたそれを剥がしていく。

その中から現れたのは、赤色のマフラーだった。私はそのプレゼントが本当に嬉しくて、いつのまにか涙があふれ出していた。

「これから冬になるから、水無月が凍えないようにと思って」

「嬉しいですっ……！　本当に、ありがとうございます！」

突然泣き出した私を、先輩はあたふたしながら慰めてくれる。この時ばかりは、私は遥香のことを忘れて、ただただ喜んでいた。

実際にその場で首に巻いてみると、とても暖かくて、ほんのり先輩の匂いがした。

そして先輩は、少し頬を赤く染めながら、恥ずかしそうに教えてくれた。

「実はそれ、僕が編んだんだよ」

「えっ!?」

私は素直に驚いて、思わず大声を上げてしまう。そんな私を見て、先輩は笑みをこぼした。

「実はマフラーを編んだり、服を作るのが好きなんだよ」

「え、すごいです……もしかして、服飾系の大学を目指してるんですか？」

その質問に、先輩はすぐに首を振った。

「ううん。家庭の事情で、それは無理なんだ。母さんが絶対に許してくれないから」

こんなにすごい才能を持っているなら、しかるべき場所で学んで仕事にするべきなのに。けれど家庭の事情というものは、なんとなく私にも理解できた。私の家庭も、両親が美術に関する仕事に就いていて、将来は私も美術系の仕事に就くことを期待されている。とりあえず高校は美術科へ入り、二年の終わり頃までは、普通に歴史の授業を教える教師になりたいと考えていたが、ある時母にどこの美大を受けるつもりなのかを訊かれた。別に教師になって教える科目に、これといってこだわりがなかった私は、波風を立てないために地元の美大の名前を言った。美大へ入学して卒業するという進路は、すでに半ば強制的に決められていたのだろう。

私は絵を描くのが嫌いではなかったし、むしろ好きな方だからすんなりと受け入れることができたけれど、希望通りの道を進めないのは世間ではよくあることなのかもしれない。

それでも先輩には、服飾の道を進んでほしいと思った。けれど脳裏を遥香の姿がよぎり、私は我に返る。結局私は、何も言うことができなかった。

先輩への気持ちは肥大していくばかりで、いつの日かあふれ出してしまうという予感があった。だから私は、遥香に早く告白をするべきだと背中を押した。何度目かの応援の末、ようやく遥香は先輩に告白をした。三人でいる時、二人は仲睦まじげに話していたから、きっと上手くいくのだろうなと思って、いい報告を楽しみに待っていた。

二人が一緒に歩く姿を想像して、思わず涙があふれてきたけれど、それでも私は二人の幸せだけを願った。

だけど先輩は、遥香のことをフッてしまった。その事実に私はホッとしてしまったが、どうして先輩が思いを受け止めなかったのか、私にはその理由がさっぱりわからなかった。けれど、その理由は案外とすぐに、判明してしまった。

先輩は、私のことを好きでいてくれたのだ。

私は、その事実が嬉しくて、嬉しくて、だけど先輩の言葉を受け入れるわけにはいかなかった。遥香を応援すると決めたから。私が先輩と付き合えば、遥香が悲しんでしまう。それがわかっていたから、私は先輩のことをフッてしまった。

お互いに気まずくなってしまった先輩と私は、先輩が卒業するまでの間、事務的な会話しか交わすことができなくなっていた。

それでも先輩たちの会話は生徒会室にいれば、自然と耳に入ってくる。以前から、先輩は地元の大学に進学したいと話していた。だからその気になれば、いつでも会えると思っていた。

けれど、そんな淡い期待は、いつのまにか消え去っていた。先輩は、地元から遠い大学へ進学することを決めてしまったらしい。それを知って、私は焦った。先輩の気持ちを受け止めなかったくせに、遠くへ行ってしまうことを知ってしまった私は、酷い焦燥感に駆られた。

それからすぐに、私は決心した。

先輩の通う大学の近くにある美大へ進学しようと。地元の美大と比べて倍率は高かったけれど、それでも私はめげずに精一杯努力をして、無事に目標の大学への合格を決めた。

大学へ入学した途端、私と遥香は疎遠になった。お互いに、新しい環境で忙しいということもあったのだろう。

私たちが高校を卒業するまで、遥香は先輩のことを諦めていなかった。けれど、さすがに環境がガラリと変わってしまったから、もう諦めたのだろうと、私はそんなことを思っていた。

私は先輩にまた会いたくて、どうすれば自然に会うことができるのかを考えていた。幸い通っている大学は知っていたけれど、何の用事もないのにそこへ行くのは明らかにおかしい。そんなことを一ヶ月ほど考えていると、チャンスは向こうの方からやってきた。

先輩が、梓さんと一緒に美大へとやってきた。

先輩と再開した時、私の声を聞いた先輩は、すぐに帰ってしまったけれど、泣いてしまいそうなほど嬉しかった。だから先輩の通っている大学へ梓さんを連れて行った時は、私は割と冷静でいられた。

けれどその日、久々に遥香から電話がかかってきて、私は訊いてしまった。今でも、遥香は先輩のことが好きなの？　と。電話の向こうの遥香は、おそらく顔を赤くしたのだろう。戸惑いながらも、「まだ好きだよ」と返した。

私はまた、泣きたくなる。訊かなければ、また先輩と一からやり直せたかもしれないのに。親友に伝えた『応援する』という言葉は、私の中で、すでに呪いのようなものになっていた。

それでも今は、私の方が先輩の近くにいる。あんなにかけることに緊張を覚えた電話も、その日だけはすんなりとかけることができた。今でも優しい先輩に甘えたくて、私は「先輩は今でも……私のことが好きなんですか？」と訊いてしまいそうになる。それは親友に対する裏切りだから、最後まで訊くことはできなかった。

そして次の日、私はまた思い切って、スーパーの前で先輩のことを待っていた。そして、さも寄り道してきた風を装い、一緒に帰った。

その日、私はまた先輩に告白された。本当に、言葉にできないほど嬉しかった。一度フッてしまったのに、まだ私のことを好きでいてくれて。

先輩に、好きだと伝えたかった。けれど伝えようと思うたびに、私の脳裏に遥香の姿が思い浮かぶ。結局私は、また先輩のことを拒絶してしまった。

もう何もかもを捨てて、逃げ出してしまいたかった。

けれど、私のことを引き止めた人がいた。先輩を拒絶した後から、梓さんに先輩のことが気になっていると相談された。

なんとなく、いつか梓さんも先輩のことが好きになるのだろうなという予感はしていた。先輩も、私という存在がいなければ、きっと梓さんのことを好きになるのだろうなと確信していた。

だから私は、大切な人と、先輩の幸せを願うために、二人を結びつけることにした。二人が幸せになっているところを見れば、きっと私も諦めがつく。そう、思ったから。

結果的に二人は結ばれた。複雑だったけれど、二人の幸せな姿を見ていると、私の方まで幸せな気持ちになった。

先輩に彼女ができたと、いつか遥香に報告しなければいけないことが、少し憂鬱だったけれど。

ある日私は、地元の大学での遥香の様子が知りたくて、普段はやらないSNSで彼女のことを調べた。私は、調べなきゃよかったと、後悔した。プロフィール画面に映る遥香の姿は、高校の頃に見た姿から一変していて、オドオドとした姿は消え去っていた。そして彼女の隣に映る、知らない男の姿。

結局のところ、遥香の先輩に対しての思いは、本気じゃなかったのだろう。少しだけ心がざわついたけれど、私は彼氏ができた友達のことを、陰ながら祝福した。

そしてまた、私は梓さんからの電話で、あることを知らされた。

『ごめん、奏ちゃん……悠くんと、別れちゃった……』

梓さんの言っている意味が、さっぱり理解できなかった。どうしてあんなにもお似合いで、幸せそうにしていた二人が、別れるという結論に至ったのか。

「……悠さんが、梓さんのことをフッたんですか？」

あの人は、そういうことをする人間ではないと、私は確信していた。先輩は、遊びで付き合うことは絶対にしない。ずっと一緒にいたいと思った人じゃないと、告白なんてしない。事実、遥香に告白された先輩は、その場ですぐにフッたのだから。

だから梓さんの言った言葉に、それほど驚きはしなかった。

『私が、フッちゃったの……』

「……どうしてですか？」

感情を抑えるのに、必死だった。いったいどんな高尚な理由があれば、先輩をフることができるのか、私に教えてほしかった。

『私と一緒にいない方が、悠くんは幸せになれるんだって、気づいたから……私はあの人に、迷惑ばかりかけてたの。彼には夢があったのに、私はいつまでも縛りつけていて……』

だからそんな理由で先輩のことをフッた梓さんのことを、私は本気で許すことができなかった。

私は、堪えていた気持ちを、抑えることができない。

「……先輩は、私がフッちゃっても、私のことを忘れてなんてくれなかったんです。嫌いになんて、なってくれなかったんです」

『……えっ？』

まるで、初めてその事実を知ったかのような、間の抜けた声だった。先輩は、一度たりとも自分とのことを話さなかったのだろう。それか、あえてぼかして梓さんに伝えたか。

どちらにしても、先輩の優しさであることに変わりはない。私と梓さんが、今まで通りの関係でいられるように配慮してくれた。それを私が、たった今ぶち壊してしまったのだ。

「先輩は、梓さんがそばにいてくれれば、それで幸せだったんです。それなのに勘違いをして、夢を叶えてほしいとか言って、先輩を困らせたっ……！」

これ以上言ってしまえば、もう梓さんと一緒にいられなくなる。けれど、それでもいいと思った。私はずっと、彼女に嫉妬していたんだから。

「あなたは、先輩が自分に与えてくれる愛情に怖くなって、一番最悪な方法で逃げ出したんです。本当に先輩の幸せを願うなら、別れようなんて言葉は絶対に口にできないはずですから」

そして私は最後に言った。

梓さんを縛り続ける、呪いの言葉を。

「先輩は、きっといつまで経っても、梓さんのことを忘れたりしませんよ。私を忘れてくれなかったように、いつまでも苦しみ続けるんです」

そうまくし立てるように言った私は、こちらから強引に通話を切った。通話を切った瞬間、堪えていたものが嗚咽となって口から漏れ出す。

たぶん、生まれて初めてだった。

誰かに対して、悪意の感情を向けてしまったのは。私にもこんな醜い感情があったことを、この歳になって初めて知った。

こんな思いを抱くぐらいなら、こんな場所まで来なければよかった。先輩のことを諦めて、また新しい恋を探せばよかったんだ。そんなことを後悔したって、もう遅い。何もかもが、もう遅かった。

けれど、ここにきてようやく、私の周りに先輩を好きな人がいなくなった。もう私が告白をしても、誰も悲しんだりしない。

ここまで来た理由を、ようやく私は見いだすことができる。だから私は、先輩に電話をかけた。

どうしても、先輩に伝えたいことがあるから。


始発の電車に乗るであろう人の波が、次々と駅舎の中へと入って行く。私はその波に乗らずに、いつか先輩と約束した場所の前に立っていた。

あの頃から、私の時間はずっと止まっていた。先輩を心にもない言葉でフッてしまったのを、ずっと後悔していた。だから私もやり直すんだと、そんな覚悟を抱いてここにきた。

もうすぐ十二月に入る冬空は、青く澄み渡っている。そういえば先輩に告白された時も、今のような綺麗な天気だった。

私の胸のドキドキは、いつまで経ってもおさまってくれない。約束の時間が近づくに連れて、だんだんと鼓動が加速していく。

先輩は、来てくれるのだろうか。私は、ただ信じて待つしかなかった。そして約束の時間の五分前、気配だけで、彼がここに来てくれたのだということを察した私は、思わず俯かせていた顔を上げる。

先輩が、私の目の前にいて、驚いたように目を丸めていた。

「水無月、そのマフラー……」

私は今日のために巻いてきたマフラーに、そっと指先で触れる。暖かい、私を包み込んでくれる温もりを感じた。

先輩はあの日を懐かしむような目を向けた後に、瞳が大きく揺れた。鼻の先は、赤くなっていた。

「……捨てて、なかったんだね」

「捨てるわけ、ありません……ずっと大事にしまってました」

「使ってくれてるの、見たことなかったから」

「大事にしておきたかったんです。なんだか首に巻いてしまうのが、もったいなくて」

「首に巻かなきゃ、マフラーの意味ないじゃん」

「でも今は、ちゃんと巻いてます」

　そんな私の言葉に、先輩はくすりと笑う。取り返しがつかないと思っていた懐かしい光景は、いつのまにか私たちの元に戻っていた。

　その事実が嬉しかったけれど、今度は私が、過ちを犯さなければいけない。先輩は
「それで、伝えたいことって、何？」と訊ねてくる。あまり長引かせると、始発の電車に間に合わなくなってしまうため、私は深く息を吸い込んで、先輩に伝えた。

「先輩のことが、好きなんです」

　ずっと、伝えたくても伝えられなかった、私の本当の気持ち。思いを伝えることがこんなにも緊張するのだということを、私は初めて知った。上手く先輩の顔を見ることができない。

　先輩も、きっとこんな気持ちを抱きながら、私に告白してくれたのだろう。あの頃からようやく、私の時間は動き出した。

　けれど、私の中で止まっていた時間は、本当に大切なものだけが、止まっていてはくれなかった。私は時が流れることの残酷さを、ようやく思い知ることになった。

「ごめんなさい……」

　たしかに先輩は呟いた。あの頃の私が伝えた同じ言葉を。涙で視界が滲んでしまって、前が上手く見えなかった。

それでも私は先輩の温もりが欲しくて、足を前に踏み出した。先輩の胸に、私は顔を埋める。そしてきつく握りしめた手で、彼の肩を弱々しく叩いた。

「私のこと、好きって言ってくれたじゃないですか……！」

「ごめん、水無月……本当に、ごめん……」

先輩の謝る言葉が、私の耳の中で反響する。どうして両思いだったのに、こんな思いをしなきゃいけなくなったのか、わけがわからなかった。

本気で先輩と向き合っていたのは、私だけだったはずなのに。どうして私が一番傷つかなきゃいけないのか、その理由が知りたかった。

誰か、誰でもいいから教えてほしかった。

「僕は今でも、梓のことが好きなんだ。だから、水無月の思いは、もう受け取れない……」

先輩は、私のことを受け入れてはくれなかった。私は泣きながら、それでも彼の肩を掴んだ。

「きっと、バチが当たったんだ……私が大切な人を、傷つけちゃったからっ……！先輩が好きだって言ってくれたのにっ！」

友達が喜んでる時は一緒に喜べて、泣いてる時は自分のことのように悲しめる。そういう友達思いなところが、すごくいいなって思った。だから、好きになった。そんな先輩が好きだった私からは、もうかけ離れてしまっている。梓さんを傷つけてしまったから。どうして、私はこんなにも変わってしまったのだろう。もう、何もかもを投げ捨ててしまいたかった。

けれど、先輩はそんな醜い私の手を優しく掴み、温めてくれる。その優しさが、今の私にとっては何よりも辛いことだった。

「大切な人を傷つけて、苦しかった？」

私は先輩に、懺悔《ざんげ》をするように深く頷く。

「後悔、してるんだよね？」

私は再び、頷く。こんな思いをするぐらいだったら、言わなければよかったと、本気でそう思っている。

先輩はそれから、未だ泣き続ける私の頭を優しく撫でてくれた。そしてあの頃と変わらない温かい声で、先輩は言った。

「僕は、水無月のそういうところを、好きになったんだよ」

「……え？」

私は思わず顔を上げる。先輩は、どこまでも優しい笑顔を浮かべていた。

「大切な人が傷ついてて、悲しくなったんだよね。後悔してるのは、水無月がとっても優しいからだよ。僕は、そんな水無月だから、好きになったんだ」

嗚咽が混じり、私はもう上手く言葉を出せなくなっていた。ただ純粋に、嬉しかった。私が、あの頃から何一つ変わっていなかったことを知ることができて。先輩の好きだった私のまま、今を生きていることが、私はたまらなく嬉しかった。

「ずっと、気づいてあげられなくて、ごめん。水無月は、ずっと僕のことを好きでいてくれたんだね」

そうだ。私はずっと、あなたのことが好きだった。私はそれから、全てを話した。遥香を応援していたこと、梓さんを応援していたこと。ずっと好きだったのに伝えられなかったことを、私は全部話した。

その告白を聞いた先輩は、少し照れたように。だけど申し訳なさそうに微笑んだ。

「ごめん、気づいてあげられなくて」

気づいてほしかった。誰よりも先に先輩のことを好きになって、誰よりもずっと先輩のことが好きだった人のことを。

「気持ちを伝えてくれて、本当に嬉しいよ。すごい勇気をもらえた。自分に、少しは自信を持っていいんだって思えたから。でもやっぱり、僕は梓のことが好きだから、水無月の気持ちは受け取れないんだ」

とても申し訳なさそうに、先輩は言う。その場でフラれてしまったけれど、精一杯考えて決断を出してくれたのだということが伝わってきた。だから、フラれてしまったことはもちろん悲しいけれど、仕方ないんだなと思うことができた。

先輩はもう、梓さんのことが大好きだから。

私はあふれてくる涙を一生懸命拭って、先輩のことを見据える。先輩は、私のことを変わらず好きでいてくれた。一番大切な人が好きになってくれた部分だから、私は私のいいところを、これからも大切にして生きて行こうと、そう思った。

今はとっても悲しいけれど、大切な先輩が決めたことだから、きっといつかは乗り越えることができる。この別れを、いつかは好きになれる気がした。

そのために私ができることは、もう初めから決まっていた。結局最後は泣いてしまったけれど、私は精一杯の笑顔を見せて、先輩を送り出した。

「先輩のこと、いつまでも応援してます。どうか、幸せになってください」


早朝の河川敷を、私は一人で歩いていた。

赤いマフラーで口元を隠し、冬の寒さにジッと耐える。

一人で凍える寂しい冬でも、私は乗り越えられる気がした。

それは、先輩が前に進む力をくれたから。

他人の幸せは、自分の幸せ。辛いこともたくさんあったけれど、先輩は私のことを好きになってくれたから。

私は、私のことを誇ってもいいんだと、そう思えた。

私は今、二本の足で走り出す。ただ前だけを向いて、走り出した。

「あああああっあああああああ――――!!」

大声で叫ぶと、とても気持ちいい。いろいろなものが、吹っ切れたような気がした。

そしてようやく、私の時間の動き出す音が、心の内からそっと響いた――。

《悠》

お盆ぶりに帰ってきた実家は、特に代わり映えがしなかった。平日に帰ってきたおかげで、地元の大学に通っている兄も、高校へ通っている妹も、学校へ行っていた。だから玄関に揃えられている外履きは、母のものしか置かれていなかった。

僕は「ただいま」と言って、我が家へと足を踏み入れる。僕の声が聞こえたのであろう母は、リビングから慌てた様子でこちらへやってきた。僕は一度深呼吸をして、母と向き合う。

「悠、今日は大学じゃないの？」

「サボってきた」

「サボってきたって……理由を説明しなさい」

「きっと長い話になるから、リビングで話をしようよ。それに、僕にとって一番大切な話だから。落ち着いて話がしたいんだ」

その言葉に納得してくれたのか、眉をひそめた母はリビングへと戻っていく。僕は母の座る椅子に対面するように、おそるおそる腰を下ろした。

「それで、大学をサボってまでする話って、何」

「実は……」

僕は、必死に母へ説明をした。大学を辞めたいと思っていること。そして、服飾関係の専門学校か大学で学び直したいということ。

ずっと、夢だった。誰かのために服を作って、誰かを笑顔にすることが。そのためには、今の進路じゃ叶えることができないから、どうかわかってほしいと、必死に母へ訴えた。

母は僕が話している間、何も口を挟んだりしなかったけれど、全ての説明を終えた時、とても不愉快そうに眉をひそめて、言った。

「ふざけないで」

その言葉で僕は一瞬硬直したけれど、すぐに持ち直した。許されないことを言っているのは、僕にもわかっていたから、いつも以上に覚悟はできていた。

「ふざけてないよ。本当に、真剣に考えたんだ」

「ふざけてるわよ。今通ってる大学を辞める？　そんなの、許すわけないじゃない。何があなたにとって大事なことなのか、もう一度よく考え直しなさい」

それだけ言うと、母は椅子から立ち上がってリビングを出て行こうとする。正直、こうなることは予測できていた。だから僕は、アパートから持ってきていたあれを、カバンの中から取り出す。

「母さん、これ見てよ」

母は、苛立《いらだ》たしそうに目つきを鋭くして、こちらを振り返る。僕はそんな母に、梓へプレゼントしたコートを見せつけた。

「それが何？」

「この前、僕が作ったんだ」

「悠が、作ったの？」

本気で怒り出す一歩手前だった母の表情が、少しだけ興味の色に変わる。僕は恐れずに自ら近づいて、母にコートを手渡した。

母はコートを訝しげに見て、再び僕に鋭い視線を投げつける。

「こんな既製品を手渡されても、騙《だま》されないから」

「だから、自分で作ったんだって。僕の……彼女だった人にプレゼントしたんだ」

「……彼女？　その人とは、別れたの？」

「うん。僕に夢を追いかけてほしいから、別れを選んでくれたんだ。一緒にいると、お互いに依存しちゃうから」

おそらく、半信半疑なのだろう。疑《うたぐ》り深い母は、警戒の色を薄めてはくれなかった。

結局、手渡したコートは強引に僕に押し戻され、「さっさと、あっちに戻りなさい。それで、明日にはちゃんと大学に行くのよ」と吐き捨てられた。

母は頑固だから、一筋縄ではいかないだろうと思っていたけれど、これは思っていたよりも長期戦になりそうだった。

けれど梓が応援してくれた以上、こんなところで早々に折れるわけにはいかない。しばらくは実家に泊まり、母の説得を続けよう。そう決めて、とりあえずはもともと使っていた二階にある自分の部屋へ退避した。そして父が夜に家に帰ってきた時、父の部屋へ行ってコートを見せながら、先ほど母に説明したことと同じ内容を、もう一度伝えた。

僕の話を黙って聞いていた父の第一声は「そうか、悠にも彼女ができたのか」だった。父はどこか嬉しそうで、僕は拍子抜けする。

「あのさ、大学を辞めたいっていう話してたんだけど……」

「あぁ、別にいいんじゃないか？」

そんな風に、あっさりと父は言う。昔から母とは違って大らかな人だったけれど、ここまで適当に返事をされるとは思っていなかった。

「結構、真面目な話だよ？」

「わかってるよ。悠が自分で何かをやりたいって言ったの、もうずいぶんと聞いてなかったから。実はちょっと、嬉しいんだ」

適当なんかじゃ、なかった。昔を懐かしむ目をする父を見て、僕は思わず目頭が熱くなった。僕に、ずっと興味がないのだと思っていたから。

「うん。父さんは、悠のことを応援するよ。お母さんにも、父さんの方から説得してみる」

「……いいの？」

「あぁ、頼りない父さんだけどな。お母さんが悠を好きな気持ちは本物だから、きっと許してくれるよ」

そう言って、父さんはニコリと笑う。僕の瞳からは、一筋だけ涙がこぼれた。

その日、僕は久しぶりに家族の元で夕食を食べた。久しぶりに帰ってきたことを、妹と兄は驚いていたけれど、少し喜んでもくれていた。

妹は食事の席で、僕に言った。

「悠にぃ、少し雰囲気大人っぽくなった？」

「そうかな？」

「実はな、悠に彼女ができたらしいぞ。この前別れたらしいんだけどな」

「ちょっと父さん、バラさないでよ……」

「うそっ！　悠にぃ彼女いたの!?　健《けん》にぃに彼女できてないのに！」

「うるさい、菜央。俺はできてないんじゃなくて、作らないんだよ」

そんなくだらない話で笑い合っていると、母さんはぽつりと呟いた。

「きっとその子、悠みたいな優しい子よ」

僕は、その母さんの言葉が嬉しくて、思わずにやついてしまった。母さんに褒められたのは、大学の合格が決まった時以来だったから。

滅多に僕のことを褒めない母さんが、その時ばかりは僕の成功を喜んでくれた。だから、大学を辞めることを許してくれないのかもしれないと、僕はそんなことをふと思った。

でも、服を作るという道は、僕が自分で決めたことだから。いつか母さんにも、理解してほしかった。

子供の頃、ボタンを縫いつけられたことを褒めてくれたのが、たまらなく嬉しかった。だから、次に母さんと進路の相談をする時は、そんなありのままの自分を素直に話そう。

僕は、まだまだ若い。時間はいくらでもあるから、ゆっくりと僕の生き方を認めてもらおう。

そう、心の中で密かに思った。

《梓》

『先輩は、きっといつまで経っても、梓さんのことを忘れたりしませんよ。私を忘れてくれなかったように、いつまでも苦しみ続けるんです』

あの時、奏ちゃんに言われた言葉が、今も頭の中から離れてはくれなかった。

悠くんは、ただ私といるだけで幸せだと思ってくれていた。私はそんな彼の思いの重さが怖くなって、逃げ出した。彼女の、言う通りなのかもしれない。幸せを願っていたつもりでも、その実私は何も悠くんのことを考えられてはいなかった。

傷つけて、傷ついて、本当に私はどうしようもない。私以外に誰もいない薄暗いアトリエで、ただ呆然と真っ白い大きなキャンバスを見つめていた。再びこの真っ白な世界に、色をつけることができるのか、私には自信がなかった。

夢を応援してくれた大切な人は、もう私のそばにいない。

私は、どうしようもないほどに臆病者だった。初めて男の人に恋をして、恋というものを初めて知った私は、この気持ちをどうすればいいのかがわからなかった。告白をしてフラれるのも辛いし、かといって誰かに彼を取られてしまうのも嫌だった。

私は卑怯な人間なのだろう。周りの女性に彼を取られてしまうのが嫌だったから、渚ちゃんと奏ちゃんに悠くんのことが気になっていると相談した。そう主張しておけば、もし二人が悠くんに好意を抱いていたとしても、譲ってくれるかもしれないと踏んだから。

全て計算通りでそうしていたわけじゃないけれど、今振り返ってみれば、私はそんな打算的な行動を無意識的に取っていた節があった。

その結果、私は奏ちゃんから悠くんを奪ってしまい、奏ちゃんを酷く傷つけてしまった。最近まで、私はそのことにすら気づいていなかった。

普段優しい人があれだけ怒ると、さすがにくるものがある。私は最低な人間なのだということを痛感した。

奏ちゃんは、私が思いの重さが怖くなって逃げ出したのだと言っていた。もちろんそれは、的を射ている。ずっと先の未来のことを考えてくれている悠くんのことが嬉しかったと同時に、そこまで真剣に彼との未来を考えられていなかった私の内面とのギャップを感じてしまったから。

けれど私が彼を遠ざけた本当の理由は、もっと別のところにあった。それを私は、今更ながらに理解した。

悠くんにも大きな夢があると知って、私は激しく動揺した。私が夢を見つけるのを見守っていれば、彼は自分の夢を追いかけることができなくなる。それは彼の幸せを奪ってしまうのと同義だった。彼は私に、夢を追いかける力をくれた。絵を描くことを楽しいと、再び思わせてくれた。だから彼にも、自分の夢を追いかけてほしかった。

そこまで考えた私は、怯えてしまった。もし私が彼を応援したとして、彼の人生を選択したとして、夢が叶わなかったとすれば、その先にあった全ての未来を潰してしまうことになる。それが私は怖かった。

だから私は、彼との別れを決断した。そんな、どこまでも自分勝手な理由で。

彼に告げた最後の言葉を、私は思い出していた。

『幸せになってね』

私と一緒にいることが、彼にとって一番に幸せなことだったのに。私が、彼の幸せを切り捨てたというのに、私は彼の幸せを願ってしまった。もし叶うのならば時間を巻き戻して、全てをやり直したい。

だけどそれはもう、叶わない。

それならば、いつかまた彼と再会した時に、恥ずかしくない人間でいなければいけないと思った。今度こそ、幸福を素直に受け入れられるように。

そして私は何よりも、誰かの夢を応援できる人になりたいと思った。そんな風に他人を思いやることが、私が変わるための初めの一歩なのだ。

幸いにも、美大へ入学した時から、選択肢の幅は常に広げるようにしていた。そのため一年の頃から、大変だけれど教職の授業にも真面目に取り組んでいる。

絵に関わることができて、誰かの夢を応援することができる仕事。

私は将来、美術の先生になりたいと思った。

きっとこれから先、様々な困難が私の前に立ち塞がるだろう。だけど、めげるわけにはいかない。

彼は最後の瞬間まで、私のことだけを考えてくれていたのだから。

私の進むべき道は、ようやく決まった。

その時、私の大好きな彼が、左腕を引いてくれたような気がした——。

《？・？・？》

　あの時、彼がいてくれたから、私は今ここで美術の教師をしている。困っている人を助けることができて、夢を応援することができる仕事。

　そして絵を描くことが好きな私にとって、その仕事はまさに天職だと言っても過言ではなかった。

　いつか、こんなにも成長した姿を、一番大切だった彼に見てほしい。私は今勤務している高校に正式に採用された時から、ずっとそのようなことを考えていた。

　自分で伝えることは、できなかった。彼が大学をやめてしまった時に、連絡先を削除したから。彼が通っていた大学への未練を断ち切ったように、私も彼への未練を断ち切らなければいけないと思ったから。連絡を取る手段があれば、ふとした時に彼のことを思い出してしまう。結局のところ、今までに一度たりとも彼のことを忘れたりはしなかったけれど。

　また新しい年が巡ってきて、高校の周りに桜の花が咲き始める。校門の前を桜のトンネルが彩り、その下をたくさんの新入生が新しい制服に身を包んで登校していた。

　男の子は一般的なブレザーで、女の子は襟がえんじ色なのが特徴的なセーラー服。

一目見て、この高校の生徒であることがわかり、かつおしゃれであることから、他校の女生徒の間でも評判らしい。

夏はまっ白なセーラー服で、襟とリボンは爽やかな水色をしていて、こちらも人気である。

入学式を終えてしばらくすると、美術部へ入部したいという生徒たちが、職員室の私の机へ入部届を持ってくる。入学前に美術準備室に来てくれた伊織ちゃんは、真っ先に私のところへとやってきて、入部届を提出してくれた。彼女の目は、未来の期待に満ちた色をしている。

「入学おめでとう！　これから三年間、一緒に頑張ろうね！」

「はい！」

返事をした伊織ちゃんの着ている新しい制服は、成長することを見越してなのかぶかぶかだった。成長して、少しづつ制服を着こなしていく彼女を見るのがこれから楽しみだ。

「伊織ちゃんは、あれから新しい漫画を描いたの？」

そう訊ねると、体をもじもじとさせながら、恥ずかしげに彼女は頷いた。

「実は、持ってきてます……」

「え！　見てみたい！」

「そんなに、絵が上手じゃないかもしれません……」

「これから三年間で、もっと上手くなっていくんだから。全然気にしなくてもいいんだよ」

励ましてあげると、伊織ちゃんはおずおずと、カバンの中から原稿の束を取り出した。それを私に手渡してくれる。

「今、見てみていい？」

「……はい」

とても緊張しているのか、私が原稿用紙に視線を落とすと、彼女は羞恥に耐えるように目をつぶった。それがなんだか可愛くて、くすりと笑ってしまう。私は原稿を読むことに集中したけれど、すぐにあることに気づいた。

「これ、私が大学生の頃に流行った小説の話だよね？」

当時映画も見に行ったし、原作も読んだことがある。というより、私ぐらいの年代の人なら、多くの人がそのどちらも見たことがあるんじゃないだろうか。

私の疑問に、伊織ちゃんは答えてくれた。

「お母さんの持ってた小説を読んで、こういう話を漫画で描いてみたいなって思ったんです。だから、いつかこの人の小説を私が漫画化して、いろんな人に作品を知ってもらいたいなって……」

だからその作者の小説を漫画で描いたのかと、私は納得する。冒頭だけだけれど、違和感なく原作の内容がまとめられていて、伊織ちゃんはお話をまとめるのが上手いんじゃないかと思った。

「私も、あの小説家のお話、全部好きなんだよね」

「先生もですか？」

「うん。感動しちゃう話が多くて、いいよね。その先生の小説は」

そう言うと、伊織ちゃんは全力で頷いてくれた。彼女は、その作者の小説がとっても好きなのだろう。

「この前、サイン会があったんですけど、電車に乗り継いで行ってきました」

「すごい行動力だね。そんなに大好きなら、何が何でもデビューして、先生の小説を漫画にしなきゃ！」

「はい！」

元気な伊織ちゃんの声を聞いて、私もたくさん元気が湧いてきた。

チャイムが鳴って、伊織ちゃんが職員室を出て行ってから、私はまた、明日の授業の準備を始めた。わかりやすい授業を行うためには、入念な準備を怠ってはいけない。授業を受けてくれる生徒が、一人でも絵に興味を持ってもらえるように、私は毎日めげずに頑張っている。

　そして今日も机のパソコンに向かって、生徒に配布するレジュメを作っていると、教頭先生に「先生、ちょっといいですか」と話しかけられた。私は作業を中断して、「はい、何でしょうか」と訊き返す。

「実は今日、お客様がお見えになるんですけど、こちらに来るのが十一時頃でして。もしお時間が空いていましたら、応接室に案内していただけないでしょうか」

　私はすぐに何も予定がないことを確認して、「わかりました」と返事をする。教頭先生は「では、よろしくお願いしますね」と言って、仕事に戻った。私も、すぐに作業に戻った。

　お客様を待たせるわけにはいかないと思い、十時三十分には玄関で待っていた。けれどなかなかお客様は現れず、そういえばどんな人が来るのかを聞いていなかったと、私は今更ながらに思い出していた。

　もしかすると見逃しているのかもしれないと思ったが、今までにここを通った人は一人もいなかった。だとすれば、もしかすると私よりも早くにここへきていたのかもしれない。そうなると、どこへ行ったかわからないし、探すのが少々やっかいだ。

　私は念のために、十一時三十分までお客様を待ち続け、それから校内を歩き回った。

　もしかすると、辺りを見学しているかもしれないから。そう思い、私はあてもなく音楽室や体育館、果ては体調不良を疑って保健室へ行ってみたけれど、お客様の姿は見つからなかった。

本当に、どういうことなのだろう。そう疑問に思い始めた時、ある一つの予想が新たに生まれた。この学校は美術科があるため、美術室に興味を持ったとしても不思議ではない。まさに、灯台下暗しというやつだ。

わずかな望みを抱きながら、私のテリトリーへと足を向ける。そしてたどり着いた美術室のドアを、私はそっと開けた。

一人の男性が、生徒の描いた絵を興味深げに見つめている。やはり私の予想は当たったようだ。彼の背中に、声をかける。

「すみません、少しいいですか」

彼が、こちらを振り返る。その表情は、太陽の光の眩しさで、上手く見ることができなかった。

「本日、お客様が十一時に来校されるとうかがっています。申し訳ありませんが、間違いありませんでしょうか？」

「はい、私です」

私はその言葉を聞いて、密かにホッとする。お客様を見失ってしまえば、教頭先生から大目玉を食らっただろうから。

「今日は、ある方に会いに来たんです」

「ある方、ですか？」

「はい。この高校の新しい制服を、多くの新入生が着てくれた時に、会いに来ようと決めていました」

この高校の、新しい制服。そう、私の勤務しているこの高校は、前年度に従来の制服が役目を終えて、今年度から新しい制服へと変わった。新しい制服は多くの中学生の注目を集め、今年は新しい制服を目当てに入学してくる子が多いと聞いていた。

たしか、制服のデザインをしてくれたのは、この高校の卒業生だと教頭先生が言っていたのを覚えている。なんとなく名前を聞いたこともあったが、なぜかはぐらかされて、教えてはくれなかった。

「では、その先生の所へ案内させてください。差し支えなければ、教えていただいても構わないでしょうか？」

「いえ、もう会えましたから」

やはり、少しだけ彼を見つけるのが遅れてしまったのだろう。これは、後で教頭先生に怒られる。私はなんとなく、憂鬱な気持ちになった。

「それでは、せめて玄関まで案内しますよ」

そう私が提案をすると、彼がこちらへ一歩近づいてくる。だんだん顔の輪郭がハッキリとしてきて、私は瞬きをした後に、もう一度彼のことを見た。そしてあまりの驚きに、私は目を見開き、知らず知らずのうちに涙があふれ出していた。

諦めずに必死に生きていれば、こんな奇跡もあるのかもしれない。私は、心の内から溢れてくるその嬉しさを、上手く言葉にすることができなかった。

左手に巻いたお揃いの時計が、カチリと時を刻む音だけが、耳の中で鮮明に響いた——。

あとがき

こんにちは、小鳥居ほたるです。この度様々なご縁があり、本作をスターツ出版文庫様にて書籍化させていただける運びになりました。『休みの日 ～その夢と、さよならの向こう側には～』は、一九九一年にリリースされたJUN SKY WALKER(S)《ジュン・スカイ・ウォーカーズ》の名曲『休みの日』の歌詞をもとに構成された物語です。実は今年の春ごろに、偶然にも宇宙《うちゅう》まおさんの歌うカバー曲『休みの日』を聴いていて、その切ない歌詞にインスパイアされて何か物語を書きたいと思っていました。

初めて『休みの日』という曲を聴いた時、数年前の高校時代の思い出が鮮やかに蘇ってきました。あの頃の自分には好きな人がいて、その思いを伝えることのできないいま高校を卒業してしまい、今でもずっと、卒業する前に伝えておけばよかったと後悔しています。その後悔と同じくらい、彼女に謝りたいこともありました。けれど月日が経つにつれて、伝えることと、謝ることに勇気が必要になっていき、結局今も何も伝えられていません。そんな複雑な高校時代の思い出を、いつか小説として表現したいと考えていました。

本作に登場する主要な人物たちは、みな一様に悩みを抱えて生きています。滝本悠の場合は両親からの抑圧にずっと悩み続け、結局自分のやりたいことを諦めてしまいました。多岐川梓は不確定な将来に不安を抱き、周りと自分との差に劣等感を持ち続けていました。そして水無月奏は、自分の友達思いな性格が転じて、好きな人に思いを伝えられませんでした。そんな誰もが抱える悩みを休みの日という物語に落とし込んだのは、同じような悩みを持つ人たちが少しでも前を向いてほしいという願いからです。私もこの作品を書いている最中も、いろいろなことに悩み続けてきましたが、今では少しだけ大人になったような気がします。休みの日はとても切ない歌詞ですが、本作と合わせて読んで聴くことによって、少しでも心の中に希望の光がともせれば作者としては嬉しい限りです。

大学一年に小説家を目指し始めたころ、実は高校時代の経験をもとに一度物語を書きたいと思っていたのですが、その時は自分の実力不足で書き上げることができませんでした。ですので、あの頃から少しは成長したのではないかと思っています。本当にありふれた悩みを題材にしたため、「このキャラクターは、どうしてこんなことで悩んでいるのかわからない！」と感じるかもしれませんが、どうか嫌いにならないで

上げてほしいです（笑）

さて、話は変わりますが、今回『休みの日～その夢と、さよならの向こう側には～』を執筆するにあたって、アルバイト先にいる美大生の方に、焼き鳥を食べながら何度か取材をさせていただきました。美大生の生活スタイルや、将来の悩み事、スランプの時にどうしているかなど、自分は美大へ通っていないため、彼女に教えていただいたことは全てが物語を考える上での参考になりました。もちろんフィクションであるため、実際の現実から一部脚色を加えていますが、それでも取材をできていなければ、本作のストーリーが全くの別物になっていたと言っても過言ではないです。特に悠と梓の出会いの場面は、取材を行うまでどのようにしようか迷い続けていました。作品制作もあるお忙しい中、ご協力してくださり本当にありがとうございました！

私にとっては書籍化二作目の作品で、実力以上に期待と責任がかかっていましたが、気付けば発売まで時間が経過していました。執筆をする上で折れそうになったことや辛いことも多かったですが、一作目が発売した時から「次回作も楽しみにしています」というお声をいくつもいただいて、それが大きな心の支えになっていました。本当にありがとうございます！

『休みの日 ～その夢と、さよならの向こう側には～』は、ここで完結です。正直まだ語り足りず、物語を考え始めた当初の自分の中では、高校編、大学編、社会人編の構想が頭の中に浮かんでいるぐらいでした。ぜひ本作を気に入ってくださった読者の方々は、時々でいいので彼女たちの未来を応援してあげてくださると嬉しいです。特に水無月奏というキャラクターが著者は一番好きなので、ぜひぜひ応援してあげてください！

最後になりますが、本作にかかわってくださったすべての方に、あらためてお礼申し上げます。本当にありがとうございました！　三人の行く末と、皆様の明日が少しでも明るいものでありますように。私は陰ながら応援しています。

二〇一八年十一月　小鳥居ほたる

この物語は、JUN SKY WALKER(S)の楽曲『休みの日』を元に書かれたフィクションです。実在の人物、団体等とは一切関係がありません。

小鳥居ほたる先生へのファンレターのあて先
〒104-0031　東京都中央区京橋1-3-1　八重洲口大栄ビル7F
スターツ出版(株) 書籍編集部 気付
小鳥居ほたる先生

休みの日
～その夢と、さよならの向こう側には～

2018年11月28日　初版第1刷発行

著　者　小鳥居ほたる　

発行人　松島滋
デザイン　西村弘美
DTP　株式会社エストール
原作楽曲　『休みの日』 作詞:宮田和弥、作曲:寺岡呼人〈JUN SKY WALKER(S)〉
編　集　篠原康子
萩原清美
発行所　スターツ出版株式会社
〒104-0031
東京都中央区京橋1-3-1　八重洲口大栄ビル7F
TEL　販売部　03-6202-0386（ご注文等に関するお問い合わせ）
URL　http://starts-pub.jp/
印刷所　大日本印刷株式会社

Printed in Japan

ISBN　978-4-8137-0579-6　C0193

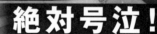

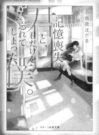